Al límite de nuestras vidas

Editorial Bambú es un sello
de Editorial Casals, SA

© 2006 Éditions Flammarion para el texto
y las ilustraciones
© 2008, Editorial Casals, SA
Tel.: 0034 902 107 007
editorialbambu.com
bambuamerica.com

Título original: *Au péril de nos vies. La conquête du pôle*
Traducción: Arturo Peral Santamaría

Créditos fotográficos del Cuaderno Documental:
Corbis/Bettmann: 2, 3, 11, 13, 14.
Corbis/Historical Society of Seattle and King Country dba
Museum of Hi: 10.
Corbis/John Conrad: 9 (arriba).
Corbis/Tim Davis: 9 (abajo).
Corbis/William Findlay: 8
Rue des Archives 1/Süddeutsche Zeitung: 15 (abajo).
Rue des Archives/The Granger Collection NYC: 12
(izquierda y derecha).
Getty Images/Hulton Archive: 15 (arriba).
Getty Images/Robert Peary/Hulton Archive: 16.

Ilustraciones del Cuaderno Documental:
(páginas 4/5 y 6/7): Oliver Audy.

Sexta edición: abril de 2016
ISBN: 978-84-8343-165-8
Depósito legal: M-25881-2011
Printed in Spain
Impreso en Anzos, S.L. - Fuenlabrada (Madrid)

AL LÍMITE DE NUESTRAS VIDAS

La conquista del polo

Philippe Nessmann

Traducción de
Arturo Peral Santamaría

bam bú

EDITORIAL

A mis padres

Introducción

Nueva Orleáns, 1903

Donde se descubre quién soy

Antes de contarles la gran historia, quisiera contarles una más corta. Ocurrió en 1903. Yo trabajaba de portamaletas en un tren. Durante una parada prolongada en Nueva Orleáns, aproveché para visitar la ciudad.

Hacía un tiempo pesado y las calles estrechas estaban invadidas por vendedores de agua, carrozas con caballos, músicos ambulantes, mendigos. Se oían voces por todas partes con aquel extraño acento típico del sur de Estados Unidos. En el primer piso de las casas de madera, en los balcones de hierro forjado, las mujeres tendían la ropa o pelaban verdura.

De pronto, una gota de agua caída del cielo aterrizó en mi frente. La sequé con la yema del dedo, alcé la cabeza y vi una enorme nube negra. Poco después, una lluvia tropical cayó sobre la ciudad, limpiando la calle de vendedores, músicos y mendigos.

Como era mediodía, entré en una taberna para resguardarme y comer. Estaba oscura. Olía a cerveza.

–¡¿No sabe leer?!

Era un tipo grande con un mandil blanco; parecía molesto.

–¿Está cerrado? –pregunté.

Me empujó fuera y me mostró un cartel que colgaba de la puerta: «Prohibida la entrada a negros y perros».

–Para ti, por la ventana del lado.

Como tenía hambre, di la vuelta y esperé bajo la lluvia insistente a que abriera la ventana. Lo miré unos segundos: cabello rubio, ojos azules, piel blanca, labios rosas.

–¿Quieres mi retrato?

–No, sólo un sándwich.

¿Qué podía hacer? ¿Indignarme? Él tenía razón: soy negro. Mis ojos negros habían visto países que los suyos no verían nunca. Mis piernas negras me habían llevado a través de Groenlandia. Y en varias ocasiones, en expediciones anteriores, mis manos negras habían salvado a mis compañeros blancos de una muerte segura. Pero soy negro, nieto de esclavos. Y en el sur de Estados Unidos, sólo tenía un derecho: el de guardar silencio.

–¡Toma! –dijo el hombre tirándome el sándwich. Será medio dólar.

Le di un billete de dólar. Me contestó que no tenía cambio. Empapado, me alejé apretando los dientes. No podía hacer nada. Pero sabía que pronto haría algo importante.

En breve el comandante Peary me pediría que le acompañase en una nueva expedición al Ártico. Estaba seguro de que, muy pronto, seríamos las primeras personas del mundo en llegar al Polo Norte. ¡Un negro en el Polo Norte! Entonces, los negros de Estados Unidos podrían alzar la cabeza y sentirse orgullosos, orgullosos de ser negros.

Detrás de mí, el hombre de la taberna gritó:

–¡Y no vuelvas por aquí! ¡No nos gustan los negros!

Ni siquiera me di la vuelta.

Capítulo uno

Groenlandia, verano de 1908

Llegamos por fin
Un encuentro agitado
¡Reclutamos!

La gran historia empezó cinco años después, en verano de 1908.

–¡Matthew! ¡Matthew!

Al escuchar mi nombre, dejé el cepillo sobre el banco y el patín de trineo que estaba fabricando. Con el dorso de la mano sacudí las astillas que colgaban de mi jersey y después subí las escaleras metálicas que llevaban a la cubierta del barco.

–Matt... ¡Ven a ver esto, hijo!

Era el comandante Peary. A pesar de mis cuarenta y dos años y de que él era diez años mayor que yo, seguía llamándome «hijo» afectuosamente. Su gran bigote pelirrojo no lograba esconder su sonrisa en cuña y, bajo las tupidas cejas, brillaban sus pequeños ojos grises. Apoyó sus huesos sobre la barandilla del *Roosevelt*:

–¡Mira, ya estamos aquí! Otra vez...

Me apoyé en la borda. A estribor flotaban unos bloques de hielo en el mar y, justo detrás, se dibujaba una silueta terrestre: Groenlandia. Su costa salvaje parecía picada, molida por las tormentas. Inmensos acantilados rocosos se sumergían en el mar. Entre esas fortalezas inexpugnables, los glaciares discurrían imperceptiblemente, vertiendo batallones de hielo al océano.

La pureza de la atmósfera mostraba un paisaje de colores resplandecientes, como no se podría ver en ningún otro lugar: el blanco brillante de los icebergs, las vetas azuladas de los glaciares, el marrón rojizo de la roca jaspeado de arenisca amarilla, el verde intenso de las praderas donde holgazaneaban los pingüinos y, más allá de los acantilados, sobre el lejano horizonte, la blancura inmaculada de las nieves eternas.

Podría haber admirado esta tierra durante horas. Aunque la conocía de memoria y la quería como si hubiera nacido en ella: era la séptima vez en diecisiete años que acompañaba a Robert Peary por estas regiones polares. En el pasado, sentí aquí inmensa alegría, como en 1892, cuando el comandante logró demostrar, tras una audaz incursión en trineo hasta el norte de Groenlandia, que se trataba de una isla y no de un continente. El regreso a Nueva York fue triunfal: el público se había entusiasmado con nuestras aventuras árticas.

Pero esta región hostil también había sido escenario de los episodios más dolorosos. Nuestras dos últimas expediciones, de 1898 a 1902 y después de 1905 a 1906, cuyo objetivo era conquistar el Polo Norte, fueron dos dolorosos fracasos. En el primer intento, caminamos agotados por la nieve a cincuenta grados bajo cero y Peary no prestó atención al frío que le mordía los pies. Una noche, al quitarse las botas, descubrió que tenía los dedos de los pies negros y duros. Congelados. El veredicto del médico fue como una puñalada. «Hay que amputar». «Usted es el médico –respondió Peary–. ¡Pero déjeme los justos para mantenerme en pie y caminar hasta el Polo!»

Discretamente, bajé la mirada hacia la cubierta de madera del *Roosevelt*, después hacia los zapatos ortopédicos del comandante. Dos dedos, el meñique de cada pie, no le dejaron nada más. Pero una voluntad intacta e inquebrantable animaba aún aquel cuerpo disminuido: la voluntad de ser el primer hombre que llegara al Polo Norte. Qué carácter tan fuerte.

–¡Borup! –gritó el comandante–. ¡Venga a ver esto!

Un joven de abundante cabello atravesó la cubierta y se unió a nosotros. George Borup era el benjamín de la expedición, con sus veintitrés años y el rostro de un niño. Acababa de salir de la universidad, era la primera vez que participaba en un gran viaje. El comandante lo había contratado por su resistencia: era campeón de carrera a pie.

–Borup, hemos llegado al nordeste de Groenlandia.

Acabamos de cruzar la línea imaginaria que separa el mundo civilizado del mundo ártico...

El comandante barrió la costa con la mirada.

–Desde ahora, la civilización nos queda detrás. Ya no nos será de ninguna ayuda. Hemos penetrado en un universo hostil en el que debemos sobrevivir por nuestros propios medios.

–Comandante, cuando dice...

Unos gritos interrumpieron a Borup.

¡Gritos estridentes!

Más allá, en la costa, a trescientos metros del buque, dos hombres gesticulaban. Otros tres salían de barracas que había en tierra. Unos perros empezaron a aullar. Los hombres corrieron hacia sus kayaks y los metieron en el agua. Y se lanzaron hacia nosotros.

Borup, desconcertado, miró expectante a Peary. El muchacho intentaba leer alguna reacción en la cara del comandante, para saber si debía inquietarse. El comandante lo notó y se volvió hacia mí con mirada maliciosa:

–¡Matt, ve a buscar los fusiles y los cuchillos!

Un minuto más tarde, volví de la cala con un brazado de armas. Los kayaks estaban muy cerca del *Roosevelt*. Los aullidos iban en aumento.

Borup, muy inquieto, tomó un fusil y verificó que estuviera cargado.

–Pero... ¿las balas...?

Los kayaks alcanzaron el *Roosevelt*. Dos hombres agarraron las sogas que colgaban y escalaron el casco.

–¡Comandante! –exclamó Borup–. No hay...

Peary le quitó el fusil de las manos y lo tranquilizó con una sonrisa:

–Necesitaremos las armas más adelante. Por ahora, observe...

Los dos hombres franquearon la barandilla. Vestidos con ropas de piel, eran más bien pequeños y regordetes, tenían el cabello largo y negro, la piel morena y los ojos rasgados.

Muy rápidamente, uno de los dos se lanzó hacia mí gritando:

–*¡Miy! ¡Miy maripalook!*

Bajo la mirada atónita de Borup, el hombre me tomó entre sus brazos. El otro bailaba alrededor de Peary y cantaba:

–*¡Peary aksoah! ¡Peary aksoah!*

«*Peary aksoah*» quería decir en esquimal «el gran Peary», por su gran tamaño. «*Miy*» era mi apodo y «*maripalook*» quería decir «el amable».

Borup comprendió que le habíamos hecho una broma: los esquimales no eran malos, sólo estaban excitados por volver a vernos.

Escuché las novedades de mis viejos amigos: ¿qué había sido de mi amigo Ootah después de nuestro último viaje, hacía dos años? ¿Tenía otro hijo? ¡Qué acontecimiento tan feliz! Y su hermano Egingwah, ¿cómo estaba? ¿Bien? ¡Qué alegría! ¿Y el joven Ooqueah? ¿Enamorado de Anaddoo, la hija de Ikwah? Esta noticia me hizo sentir viejo. Durante nuestro primer viaje a Groenlandia, Ooqueah tenía dos años y estaba empezando a hablar. Durante las expediciones siguientes, estaba aprendiendo a pescar y a construir iglúes con nieve. Y ahora ya era un adulto, a punto de fundar una familia...

Después de este feliz reencuentro, Peary se dirigió a Seegloo en lengua esquimal.

–Seegloo, nosotros venir de Nueva York para intentar de nuevo llegar Polo Norte... Como última vez, viaje durar un año. Nosotros ir primero al norte en barco. Luego pasar invierno en barco. Y en primavera, nosotros ir con trineo por hielo al polo.

Era muy divertido escuchar a Peary hablar en esquimal. Nunca había hecho el esfuerzo de aprender correctamente su lengua. Hablaba como los indios, o más bien como un estadounidense hablando en indio.

–Nosotros necesitar perros para tirar trineos. Y hombres para dirigirlos. Y mujeres para hacer ropa de piel. ¿Ustedes querer venir?

El rostro de Seegloo, hasta entonces sonriente, se ensombreció de repente. El esquimal había participado en nuestro último intento contra el polo en 1906, y seguramente habían vuelto a su memoria imágenes terribles: el hambre y la angustia de la muerte. Entonces estábamos en medio de la banquisa, lejos de todo, y el estado deplorable del hielo nos había retrasado mucho. A menos de trescientos veinte kilómetros del Polo Norte –era todo un récord: nadie se había acercado tanto–, tuvimos que desandar el camino porque se nos acababa la comida. La vuelta fue horrorosa: hambrientos, al límite de nuestras fuerzas, tuvimos que comernos a los perros para sobrevivir. Si no, nos habríamos quedado allí.

Peary intentó tranquilizar a Seegloo:

–¡No inquietarse! Hace dos años que yo preparar viaje. Yo comprender por qué última expedición fracasar y yo programar con detalle nueva expedición. Yo haber comprado provisiones necesarias. En cala, ocho toneladas harina, quinientos kilos café, cuatrocientos kilos té, cinco toneladas azúcar, tres toneladas y media panceta ahumada, cinco toneladas galletas, cien cajas leche condensada, y quince toneladas paté de grasa y de carne... con eso, no morir de hambre. ¡Prometido!

Seegloo me lanzó una mirada interrogativa: aquellas cantidades no significaban nada para él. Asentí con convicción para que comprendiera que el comandante sabía lo que hacía. Para lograr persuadirle, Peary tomó un fusil y le dijo:

–A cambio de tu ayuda, nosotros daremos fusiles, cuchillos, agujas de costura de acero, fósforos...

Seegloo inspeccionó el arma con mucha atención. Los esquimales de Groenlandia viven de la caza y la pesca. Tradicionalmente, fabrican sus anzuelos, sus puntas de flecha y sus cuchillos con hueso o marfil, y encienden fuego golpeando piedras. No necesitan nuestros objetos modernos para sobrevivir. Pero los fusiles y los fósforos les facilitan enormemente la vida, así que les encantan.

–De acuerdo –respondió al fin–. Iré con ustedes. Veré si las demás familias están interesadas. ¿Cuándo se irán?

–Mañana.

Al día siguiente, varias familias enteras con sus perros ocuparon su lugar a bordo del *Roosevelt*. Después de varias paradas al norte, la tripulación estuvo por fin completa: desde entonces fuimos veinte estadounidenses, cuarenta y nueve esquimales de los que veintidós eran hombres, diecisiete mujeres y diez niños, además de doscientos cuarenta y seis perros.

El buque retomó enseguida su largo camino hacia el norte.

De vez en cuando, en la costa, montones empinados de piedras nos recordaban la extrema dificultad de lo que intentábamos. Aquí, la tumba de dos hombres del buque *North Star*, que murieron en 1850. Allí, la sepultura de Hall, jefe de la expedición estadounidense *Polaris*. Más al norte, la última morada de los tres marineros de una expedición inglesa de 1876.

¡Cuántas personas habían intentado llegar al Polo Norte antes que nosotros en barco, en trineo e incluso en globo aerostático!

Pero ninguno lo logró.

Capítulo dos

Los icebergs

Un encuentro helado
Luchamos contra la banquisa
La explosión final

La primera etapa del viaje consistía en bordear Groenlandia a lo largo de seiscientos kilómetros en dirección norte hasta llegar al lugar donde invernar.

Pero el viaje se interrumpiría con brusquedad.

Recuerdo que subía de la cala con dos cubos llenos de carne de morsa. Como sus asas metálicas me cortaban los dedos, los apoyé unos minutos sobre la cubierta. Una bruma espesa y fría envolvía entonces el barco. No se veía el horizonte, ni Groenlandia, ni el mar: el *Roosevelt* parecía abrirse camino dentro de una inmensa bola de algodón.

Retomé los cubos, avancé hacia la proa del buque y...

–¡Vaya! ¡Lo siento, perritos!

Los perros estaban por todas partes: blancos, negros, marrones, machos, hembras... Los doscientos cuarenta y seis perros no pasaban inadvertidos en el barco. Distribuí los filetes de morsa a la veintena de animales atados en la parte delantera del buque. En principio, éste no era mi trabajo: yo era el asistente de Peary, el hombre que lo hacía todo, ebanista, cazador o conductor de trineo, según las órdenes. Pero, de vez en cuando, me gustaba alimentar a los animales, por darme un capricho. Y dárselo a ellos.

Comer es una de las grandes alegrías de los perros esquimales. ¡Y robar la comida de los compañeros más débiles, su deporte favorito! En la jauría estaba el campeón mundial de disciplina, un perro gris con las orejas negras. Lo había bautizado como «El Tiburón». Tras engullir su filete, birlaba el de sus compañeros, incluso cuando ya no tenía hambre, y algunas veces antes de acabar su propia comida. Un golpecito en el morro solía hacerle soltar la presa, pero el muy travieso volvía a empezar en cuanto uno se daba la vuelta.

Cuando los cubos estuvieron vacíos, me enderecé y observé mecánicamente la espesa niebla a nuestro alrededor. Era blanca y blanda. Excepto por delante del *Roosevelt*, donde parecía más oscura. Había una extraña mancha gris que se movía. No, no se movía: se hacía más grande, se volvía enorme, como si se lanzase hacia nosotros.

Cuando comprendí de qué se trataba, ya era demasiado tarde...

Hubo un chirrido monstruoso. La parte delantera del buque se levantó y yo fui lanzado hacia atrás. Los esquimales gritaron. Después sonó un crujido seco. El *Roosevelt*

se hundió hacia delante, se balanceó de un lado y luego del otro, como un perro mojado que se sacude. El impacto hizo que el iceberg con el que habíamos topado se partiera en dos. La parte más grande se deslizó a babor, la otra cayó pesadamente a estribor, haciendo borbotear el agua del mar. El buque pasó entre los dos bloques de hielo.

En la cubierta, los perros tenían la cola entre las patas, los sacos de carbón mal amarrados estaban esparcidos, los cordajes dispersos formaban telas de araña... Un auténtico caos, pero claramente hubo más miedo que daño: el *Roosevelt* no parecía dañado.

Me precipité, todavía agitado, hacia la cabina de mando.

El capitán Bartlett dirigía el timón con una mano, en la otra sujetaba la pipa.

–¿Todo bien? –me preguntó.

Robert Bartlett, el «capitán Bob», como le llamábamos, me impresionaba. Un verdadero felino: a los treinta y tres años, era tranquilo como un gato pero rápido como un leopardo, musculoso como un tigre y dominante como un león. Imagino que, de niño, ya sería jefe de su pandilla. Parecía no tenerle miedo a nadie.

–Bien –contesté–, bien...

El comandante Peary entró después en la cabina, seguido de Borup el niño, blanco como el hielo.

–Hemos tropezado con un pequeño iceberg a poca velocidad –anunció el capitán Bob.

Borup no pudo evitar exclamar:

—¡¿Pequeño?!

El muchacho se tapó la boca con la mano, como si se disgustara por haber mostrado su inquietud.

—Tranquilícese —le dijo Peary—, el *Roosevelt* ha pasado esto otras veces. ¿No es cierto, capitán?

—Por supuesto, comandante.

—Durante los primeros viajes sí había razones para inquietarse. ¿No es así, Matthew?

—Pues sí, comandante.

—Entonces usaba buques clásicos que no estaban concebidos para resistir el hielo. Hace ya cinco años que hice construir éste especialmente para la exploración ártica y lo he bautizado con el nombre del presidente de Estados Unidos que siempre apoyó mi carrera al Polo Norte. El casco blindado es redondo como la cáscara de una nuez: así, es más resistente a los golpes y a la presión de la banquisa. Esta tecnología hizo maravillas durante nuestra última expedición, ¿verdad, Bartlett?

Esta vez, el capitán no respondió: estaba concentrado, escudriñando la bruma.

Por su parte, el comandante Peary miraba hacia fuera, pasó varias veces el pulgar por su bigote pelirrojo y murmuró para sí:

—Sí, hay que estar vigilante, esto es la guerra...

* * *

La bruma se disipó varias horas después y la silueta familiar de Groenlandia reapareció a estribor. A babor, otra tierra era por fin visible: el norte de Canadá. Entre ambas, en el mar frente a nosotros, una armada amenazadora de icebergs nos esperaba.

El capitán Bob subió con agilidad por el palo mayor y se instaló en el puesto de observación. Desde lo alto, tenía una visión panorámica del campo de batalla y de las operaciones que debíamos realizar.

–¡Diez grados a babor!

El buque, con todas las velas fuera, esquivó un primer enemigo de hielo, luego un segundo más grande que el anterior, y luego un tercero.

–¡Hacia el norte!

Cuanto más avanzábamos hacia el norte, más frío hacía y más numerosos eran los icebergs. Eran altos y malignos como el diablo: por cada metro de hielo sobre el agua, había otros siete escondidos bajo la superficie. Tras varios días de navegación, terminaron recubriendo la tierra por completo.

–¡A toda máquina!

La chimenea escupía un torrente de humo negro. Con la fuerza acumulada de las velas y del vapor, el *Roosevelt* se abría paso entre los obstáculos. Su traba blindada dividía los hielos y se abría paso. Algunas veces, cuando el buque forzaba el paso entre dos monstruos demasiado grandes, su casco de madera se comprimía y ¡crac!, se oía el crujido de sus junturas.

–¡Aguanta, viejo amigo, aguanta! –le decía a menudo el capitán Bob al barco desde su pedestal–. ¡Derriba eso, tú puedes! ¡Vamos, otro empujón más!

Abajo, en cubierta, todos reteníamos el aliento. Aunque el *Roosevelt* fuera muy sólido, la banquisa podía triturar nuestra cáscara de nuez entre sus mandíbulas y mandar al fondo del mar a sesenta y nueve personas.

El comandante Peary pidió a Borup el niño, al doctor Goodsell y al profesor MacMillan que pusieran en los seis botes remos, velas cuadradas y víveres para diez días. Después, cada uno, estadounidenses y esquimales, preparó un petate con sus cosas –en el mío, aparte de alguna menudencia, guardé una fotografía de mi mujer Lucy, la única familia que he tenido. Después, nos preparamos para saltar a los botes en caso de que nos dieran la orden.

–¡Paren las máquinas! –gritó el capitán Bob–. ¡Paren las máquinas!

Diez segundos después, con un chirrido corto y estridente, el *Roosevelt* tropezó con un iceberg. Eché una ojeada alrededor: delante de nosotros, hielo. A babor y a estribor, hielo. Detrás de nosotros, hielo. Imposible avanzar o retroceder. Estábamos atrapados.

El capitán descendió del mástil, dio orden a los marineros de replegar las velas y al maquinista de apagar la máquina de vapor, y declaró que no había nada que hacer. Atrapados en esta prisión de hielo, debíamos esperar a que la banquisa diera su veredicto: liberación del buque o muerte por aplastamiento.

* * *

La espera me pareció interminable.

Algunas veces, por el efecto de las corrientes y de las mareas, los hielos relajaban un poco la presión. No podíamos hacer otra cosa que esperar. El capitán subía al puesto de observación y oteaba el horizonte, en busca de un paso de agua libre por donde escapar. Después bajaba impasible. Falsa alarma.

Un día, dos días, tres días pasaron, una agotadora prueba para nuestros nervios.

Por la «noche» –si se le puede llamar noche, porque durante el verano ártico, el sol gira en el cielo pero no se pone nunca y hace sol las veinticuatro horas del día, sólo los relojes indican si es mediodía o medianoche–, dormíamos vestidos y con un ojo abierto, preparados para saltar a cubierta ante la menor sospecha de que cediera el casco.

Pero el veredicto se hacía de rogar. Cinco, seis, siete días.

En la parte delantera del *Roosevelt*, los dos profesores de la expedición, Ross Marvin el calvo y Donald MacMillan el melenudo, mataban el tiempo a golpe de fusil: entrenaban su puntería disparando al hielo. Sentados en los cordajes, el alegre doctor Goodsell leía un libro sobre la vida de los pingüinos. Era su primer viaje al Ártico. Un poco apartado, Borup tenía la mirada en el vacío, perdida sobre la banquisa.

–Eh, niño, ¿quieres aprender a hablar esquimal?

Se giró y me sonrió:

–Con mucho gusto, pero deja de llamarme «niño», que ya tengo veintitrés años.

Llamé a Egingwah, Ooqueah y a mi amigo Ootah, y nos sentamos en cubierta. Ootah pronunció el nombre de un animal, «*tooktoo*», después lo imitó poniendo las manos abiertas sobre la cabeza. Borup debía adivinar de qué se trataba.

–¿Un animal con cuernos...? ¿Una vaca...? ¿Una jirafa? ¡Una jirafa polar! No, es broma. ¿Un ciervo? ¿Un reno? ¡Un reno!

–Sí, es un reno –asentí.

–*Tooktoo*, ¿lo pronuncio bien? *Tooktoo*, el reno, tomo nota.

El objetivo del ejercicio era doble. En primer lugar, los estadounidenses debían aprender a comunicarse con los esquimales. Estas personas lo sabían todo sobre el frío: para tener posibilidades de sobrevivir en el polo, había que escucharlos e imitarlos, vestirse y comer como ellos. Además, era importante que el niño tuviera la mente ocupada, que no tuviera tiempo de pensar en el peligro, en la vida, en la muerte, en todo eso.

Entonces Egingwah imitó con paso pesado un *nanooksoah*, cuando Peary pasó a nuestro lado.

–Y bien, Henson –me preguntó–, ¿es bueno tu alumno?

–Tirando a bueno –contesté–, tirando a bueno.

–Me alegro...

El comandante se fue, una leve sonrisa en sus labios.

Quería mostrarse sereno, pero estaba ansioso, yo lo sabía. Tras veinte años, lo conocía a la perfección, quizá más que su esposa, Josephine. Y tenía mi propio barómetro: cuando todo iba bien, me llamaba «hijo», o incluso «Matt». Si no, me llamaba normalmente «Matthew».

En esta ocasión, me había llamado por mi apellido, «Henson».

¿Tendría un mal presentimiento? ¿Sentiría que su sueño de juventud se le iba a volver a escapar?

Desde siempre había soñado con inscribir su nombre en los libros de historia, con convertirse en el Cristóbal Colón del Polo Norte. Había consagrado toda su vida a esta ambición. En Estados Unidos, cuando no trabajaba de ingeniero en la Marina, dedicaba su tiempo libre a preparar la expedición siguiente. Lo primero era encontrar dinero, mucho dinero: para ello, había creado el Peary Arctic Club, que reunía a millonarios generosos. ¡Pero donativos de uno o diez dólares eran también bienvenidos! Después, había que planificar el viaje hasta el más mínimo detalle, supervisar las reparaciones del *Roosevelt*, comprar comida, contratar un equipo competente. Un trabajo de preparación faraónico que exigía una cantidad de energía extraordinaria.

Pero hoy, con cincuenta y tres años, el comandante sentía que sus fuerzas menguaban: había anunciado que éste sería su último viaje, su último intento. Llegaría al polo ahora o nunca.

¿Sería este viaje la última derrota? Parecía demasiado injusto.

De pronto, recordé la imagen del tabernero de Nueva Orleáns y la forma en que me había tratado.

No, la aventura no se acabaría aquí, ¡era imposible!

Y además, había una nueva inquietud de la que nadie sabía qué pensar: los esquimales nos habían dicho que otro explorador estadounidense, el doctor Frederick Cook, había pasado por Groenlandia un año antes que nosotros. Había contratado los servicios de dos esquimales y los tres habían partido hacia el norte, quizá hacia el polo. Desde entonces, no tenían más noticias...

Un golpecito en mi hombro izquierdo me arrastró de nuevo a la cubierta del *Roosevelt*.

–Oye, abuelo Henson, ¿estás soñando despierto? –me preguntó Borup–. ¡Te he preguntado ya tres veces qué quiere decir «*nanouxxxooooaa*»!

–Esto... *nanooksoah*... es el oso blanco.

El niño tenía razón, no había que soñar despierto, sobre todo había que evitar pensar en el fracaso, la muerte, todo eso.

No había nada decidido.

* * *

La banquisa dio su veredicto la noche siguiente. A las cuatro de la mañana, un golpe muy violento me despertó. Salté de mi litera y corrí a la cubierta. Había tanta luz como a mediodía. Peary y el capitán estaban ya allí. La cubierta estaba inclinada unos quince grados a estribor. ¡Todo el buque se inclinaba!

Corrimos al lado más elevado para ver qué había ocurrido. El iceberg contra el que estábamos acostados, llevado por las corrientes, nos había rozado el flanco y se había apoyado en el casco hasta levantarlo. Incluso había empezado a hundir la pared a la altura del camarote del profesor Marvin.

La banquisa iba a demoler inexorablemente el *Roosevelt* y nuestros sueños.

¡Pero era imposible, la aventura no podía terminar aquí! Había que intentar algo para escapar de aquella prisión.

–¡Vayan a buscar la dinamita! –ordenó el comandante Peary.

Con precaución infinita, subimos una caja de dinamita sobre la cubierta. Tomamos varios cartuchos y los atamos al extremo de pértigas de madera. Fijamos en ellas hilos eléctricos.

Introdujimos las pértigas, los hilos y la dinamita en las fisuras del hielo, en los lugares que determinaron el comandante Peary y el capitán Bob. Unimos los extremos de hilo a un conmutador y después a la batería.

Todo el mundo se puso a cubierto, alejados, en el otro lado de la cubierta.

Presión en el conmutador y...

¡Bum!

El buque vibró como una cuerda de violín. Una columna de agua y de restos de hielo se alzó por los aires a más de treinta metros y cayó como un duro granizo.

Un auténtico géiser.

La presión del hielo disminuyó y el *Roosevelt* se enderezó lentamente. Estábamos salvados provisionalmente. Por suerte, un poco más tarde, la marea cambió y la banquisa se separó. Ante nosotros se abrieron varios canales de agua. El capitán Bob ordenó poner en marcha la máquina de vapor y escaló al puesto de observación. El *Roosevelt* retomó su camino hacia el norte. ¡Libres, éramos libres!

Con todo su peso apoyado en la barandilla, Peary seguía las maniobras. Me uní a él.

–Bueno, comandante, por los pelos...

–Sí, hijo, por los pelos. ¡Pero hemos salido de ahí, y lo vamos a conseguir, llegaremos al polo, ya verás, vamos a lograrlo!

Me alegré mucho de que el comandante hubiera recobrado su energía y, sobre todo, de que volviera a llamarme «hijo». A pesar de mi edad, me gustaba.

Capítulo tres

Cabo Sheridan, otoño de 1908

La estancia de invierno
Nos vamos de caza
Un oso distinto de los demás

El Cabo Sheridan era una roca desértica cubierta de nieve, azotada por vientos glaciales en el extremo norte de Canadá. No obstante, nuestro desembarco en esta tierra hostil fue un gran alivio.

¿Cómo podría explicar hasta qué punto...?

Imagina doscientos cuarenta y seis perros lobo llenos de energía. Su actividad favorita: pelearse para saber quién es más fuerte. Su segunda actividad favorita: aullar, todos a la vez, durante interminables minutos. ¿Te imaginas el cuadro? Bien, pues imagina ahora que esas doscientas cuarenta y seis criaturas están encerradas con ustedes en tu casa durante tres semanas sin poder salir, ni siquiera para hacer sus necesidades. ¿Te lo imaginas?

Cuando llegamos al Cabo Sheridan, el *Roosevelt* parecía un infierno ensordecedor y nauseabundo. En cambio, la austeridad del cabo nos parecía un grato paraíso. El comandante Peary había elegido aquel lugar para atracar –como en la expedición anterior– porque era uno de los cabos situado más al norte. Más allá no había tierra, sino un inmenso mar recubierto de hielo, el Océano Ártico. La primavera siguiente intentaríamos recorrer en trineo los setecientos cincuenta últimos kilómetros hasta llegar al Polo Norte sobre esta banquisa. Aunque aún no estábamos allí.

Entonces era otoño y teníamos que prepararnos para la larga noche polar. Empezamos por desembarcar a los perros, los trineos, los sacos de carbón y una parte de los víveres. Después limpiamos el *Roosevelt* de arriba abajo. El comandante nos mandó de caza en grupos de tres: teníamos que conseguir provisiones de carne fresca para el invierno. La conservaríamos en aquella inmensa nevera a cielo abierto: el Ártico.

Recuerdo la partida de caza como si hubiese sido ayer. El sol brillaba con timidez y la temperatura era fresca: 15 grados bajo cero. La ventisca me golpeaba la cara.

–¡*Hook*! ¡*Hook*!

Mis ocho perros alzaron las orejitas puntiagudas. En esquimal, «hook» significa «¡adelante!». Se levantaron y tiraron del arnés. El trineo permaneció un instante inmóvil, pegado al hielo. Chasqueé el látigo en el aire y empujé la parte de atrás del trineo. Se liberó con brusquedad y aceleró.

−*¡Ash-oo! ¡Ash-oo!*
Obediente a mis órdenes, la jauría giró a la izquierda, en dirección a un viejo y agrietado glaciar. Me volví para ver que los trineos de Ootah y Ooqueah me seguían. Había que atravesar una grieta, esquivar unos montículos, más grietas y una pendiente cada vez más empinada; subir al glaciar resultó muy duro. Por suerte, nuestros trineos estaban poco cargados: una tienda, comida para una semana, alcohol y un infiernillo, una cacerola, sacos de dormir y carabinas.

−*¡How-ooooo!*
Mis perros se pararon en la cima del glaciar y esperé, sin aliento, a Ootah y Ooqueah. Ante nosotros había un paisaje áspero, duro, inhóspito −no sabría definirlo. Estaba formado por hielo y roca, sin árboles que lo suavizaran, con escasos mechones de hierba que traspasaban la nieve. Y ni rastro de renos o bueyes almizcleros.

−*¡Hook! ¡Hook!*
Reanudé la marcha con los ojos llorosos por el frío, la nariz helada y los pies doloridos. Antes de abandonar el buque, había cambiado mi ropa estadounidense por las pieles de esquimal, más adecuadas al clima. Pero mis nuevas botas de piel de foca me atormentaban los tobillos.

Aquel día no vimos ni la sombra de una presa.

Por la noche, mientras Ootah y Ooqueah montaban la tienda, yo daba de comer a los perros. Como en cada comida, el Tiburón, campeón del mundo en robo, se jugó el título e intentó quitarles la ración a sus compañeros. A todos menos a uno: en el barco, el Tiburón se había hecho un amigo, un perro blanco con una mancha amarilla alrededor del ojo derecho. Desde entonces, eran inseparables. Nunca vi al Tiburón lanzarse sobre la comida de su compañero. ¡Claro, la amistad es sagrada!

Yo observaba cómo terminaban de cenar cuando...

–¡*Nanooksoah*! ¡*Nanooksoah*!

Ooqueah gritaba como un loco:

–¡Por ahí!

Aproximadamente a un kilómetro de nosotros, en una cresta nevada, una figura blanca se desplazaba. Se paró unos segundos, retomó la marcha y desapareció al otro lado de la cresta.

–¿Vamos? –gritó excitado Ootah.

–¡Ir por él! –les contesté.

No hay nada que excite más a un esquimal que cazar un oso blanco. Yo ya había tenido mi dosis de esfuerzo aquel día y me imaginaba el resultado de la persecución: los perros estaban desatados, así que los esquimales irían a pie con ínfimas posibilidades de éxito.

Y efectivamente, una hora más tarde, cuando preparaba el rancho, volvieron con las manos vacías.

–Estaba demasiado lejos –exclamó Ootah disgustado al entrar en la tienda–. Pero ha dejado huellas. ¡Mañana lo seguiremos!

Por la noche, di vueltas y vueltas en mi saco de dormir, buscando el sueño. Durante una incursión ártica, la primera noche es siempre penosa: se siente demasiado el frío y los perros ladran sin cesar. Y en este caso, uno de los esquimales roncaba como un oso.

–¡Miy! ¿Estás dormido?

Era Ooqueah, el más joven de los dos, el enamorado de la bella Anaddoo, que me llamaba por mi apodo.

–¿Qué?

–Miy, tengo una pregunta. Tú eres un excelente conductor de trineos. ¡El mejor de los estadounidenses! Además, eres el mejor cazador. Entonces, ¿por qué Peary es el jefe y no tú?

¡Una pregunta difícil! Entre los esquimales, el valor de un hombre se mide en función de su capacidad de supervivencia en el Ártico, es decir, conducir trineos, cazar y construir iglúes. ¿Cómo podría explicarle que en Estados Unidos nuestros valores eran distintos?

Yo nací en Maryland en 1866, tres años después de que se aboliera la esclavitud. Mis padres eran granjeros pobres, cuyos rostros ni siquiera recuerdo; ambos murieron cuando yo era un niño. Años después, en casa de mi tío, al cumplir los doce años, me hice grumete de un velero. Pasé mi adolescencia en un barco, recorriendo las cuatro esquinas del mundo. Con esto se entenderá que fui muy poco a la escuela: aprendí a leer demasiado tarde y todavía tengo dificultad con algunos cálculos.

Aquí, en el Ártico, todo eso no significaba nada. Los esquimales no conocían la escritura, el dinero o el racismo. Poco les importaba que yo fuera negro, pobre o sin títulos: al fin y al cabo, era una buena persona. Pero en Estados Unidos, todo era distinto. ¿Debía decirle a Ooqueah que en mi tierra, a ojos de mis compatriotas, yo no valía gran cosa, por no decir nada?

–Verás –contesté con sencillez–, Peary es quien ha tenido la idea del viaje. Él ha mandado construir el *Roosevelt* y ha encontrado a los hombres que lo acompañan. Es normal que él sea el jefe, ¿no?

Hubo un largo silencio.

–Ha tenido suerte de encontrarte. ¿Cómo ocurrió?

–¡Ah, es una larga historia! Yo tenía veintiún años y vivía en una ciudad llamada Washington...

Le ahorré a Ooqueah las razones que me llevaron hasta Washington: durante mi juventud en los mares, había sufrido insultos y golpes por la sencilla razón de ser negro. A los dieciocho años, cansado de aquello, volví a tierra firme y me instalé en la capital estadounidense, más tolerante que el campo o las ciudades del sur.

–Miy, ¿qué es una ciudad?

–Una ciudad es un lugar donde hay muchas casas, muchos iglúes, si prefieres. En la ciudad llamada Washington, trabajaba en una tienda de sombreros. Un sombrero es una especie de capucha de anorak. Un día, Peary entró en la tienda. Tenía treinta y un años y por motivos de trabajo iba a viajar a un país muy cálido, Nicaragua. Necesitaba un sombrero. También necesitaba un sirviente que le llevara las cosas y cocinara. Por pura casualidad, preguntó al señor Steinmetz, el mercader de sombreros, si conocía a alguien. Y el señor Steinmetz pensó en mí. Vino a buscarme a la parte trasera de la tienda y allí conocí a Peary. Entonces lo ignoraba, pero fue el día más importante de mi vida. Un mes después, dejé la tienda de sombreros y acompañé a Peary a Nicaragua. Oye, ¿sabes lo que es una tienda?

Hubo otro largo silencio, después un ronquido rotundo.

–Que tengas dulces sueños, Ooqueah. ¡Manda un saludo a Anaddoo de mi parte!

Pues sí, aquel día de 1887 había sido el más importante de mi vida –junto con el día de mi boda, que ocurrió bastante después–. En Nicaragua, Peary me consideró espabilado y me propuso que lo acompañara a Groenlandia. Era una decisión atrevida: muchos periódicos que relataban nuestra partida se preguntaron sorprendidos: «¿Un negro en Groenlandia? ¡Pobre! ¿No se morirá de frío?» ¡Qué idea tan estúpida! ¿Acaso los blancos mueren de calor en África? Quizá los periodistas me imaginaban corriendo desnudo como un mono por la banquisa...

Afortunadamente, Peary no hizo caso a sus reflexiones y me llevó con él. Le estaré eternamente agradecido. Había encontrado en él un amigo protector, un hermano mayor, casi un padre adoptivo.

* * *

Tras la corta noche, la caza del oso comenzó.
Según el tamaño de las huellas en la nieve, se trataba
de un gran macho, un macho inmenso. Y curiosamente,
se dirigía hacia el interior de la tierra, algo inusual entre
los osos blancos.

Sus huellas nos condujeron primero a un enorme lago
helado. Debíamos ganarle terreno, porque los perros cada
vez estaban más excitados. A mediodía le perdimos la pista, aunque los perros la encontraron por el olor.

–¡Ahí! –gritó Ootah.

El oso estaba a quinientos metros de nosotros y se dirigía a un cañón. Nos miró un instante, después echó a
correr. Soltamos a ocho perros para que lo persiguieran.
Pero, una vez más, el oso se comportó de forma extraña:
normalmente, un oso perseguido se detiene y se enfrenta
a sus agresores. Pero éste huía.

–¿Crees que es Tornarsook? –preguntó el joven Ooqueah,
inquieto, a Ootah.

–Puede ser –respondió el otro, igual de nervioso.

Los perros perdieron la pista del oso en un laberinto
de grietas. Estaba ahí, agazapado en alguna parte, ¿pero
dónde?

Todos tomamos una carabina y la cargamos, después
nos dividimos. Había muchas grietas profundas que podrían ocultar al animal. Las examiné una a una. De pronto
lo distinguí, delante de mí, a treinta metros, observándo-
me en silencio. Me quité las manoplas lentamente, encaré

la carabina, apunté entre los ojos, contuve la respiración y apreté el gatillo dos veces. Dos disparos secos. El oso emitió un gruñido ronco.

–¿Le has dado? –gritó un esquimal.

Ni siquiera hoy me explico lo que pasó. Quizá un escalofrío por la temperatura. No lo sé.

–No –contesté.

El oso huyó antes de que pudiera recargar la carabina. No volvimos a encontrar su rastro.

Por la noche, bajo la tienda, los esquimales hablaban de lo ocurrido.

–¡Era Tornarsook! Si pudo esquivar los perros y las balas de Miy, no era un oso normal. ¡Era Tornarsook!

–Y además se dirigía hacia el interior de la tierra, ¡su territorio!

Para los esquimales, que habitan a lo largo de la costa, el interior de la tierra es una región misteriosa. Es la morada de los malos espíritus, y el peor de todos es Tornarsook el terrible. Un demonio en persona, se puede manifestar como tormenta de nieve, como animal o incluso como aliento invisible. Debe ser aplacado con obsequios y cantos. Hay que estar siempre en guardia: antes de tirar una prenda vieja, los esquimales la desgarran para que Tornarsook no la utilice. Un demonio vestido con ropa caliente es mucho más temible que un demonio aterido.

–¡Seguro que Tornarsook entró en el cuerpo del oso! –exclamó Ootah.

–Pero si matamos al animal, ¿Tornarsook huiría por el agujero de la bala?

–Prefiero no saberlo... Oye, Miy, deberíamos dejar la caza. ¡Es demasiado peligroso!

–Ya veremos mañana –contesté mientras me arrebujaba en el saco de dormir.

Acuclillados en la tienda, mis compañeros entonaron cantos monótonos balanceándose adelante y atrás. Invocaban la protección de los espíritus benéficos de sus antepasados. No sé qué efecto tuvieron esos cantos en Tornarsook, pero en mí fue rápido y eficaz: me quedé dormido.

* * *

Cuando abrí los ojos, Ootah y Ooqueah seguían cantando. Miré mi reloj: las seis de la mañana, hora de levantar el campamento. ¿Habían pasado la noche en vela?

Fuera, el tiempo había cambiado: enormes nubes bajas cubrían las montañas. Un viento lúgubre ululaba y nos lanzaba aguanieve a los ojos. Parecía una lluvia de agujas.

–¡Tornarsoó nos escupe a la cara! –exclamó Ootah–. Miy, hablo en serio, ¡hay que dar la vuelta!

No reconocía a mi amigo Ootah: normalmente, este vivaracho regordete de treinta años y de metro ochenta, casi un gigante para los esquimales, era muy valiente. Un día, cuando una morsa herida de una tonelada se lanzaba furiosa contra mí, él se interpuso gritando para atraer su atención. El mismo Ootah temblaba ahora por unos copos de nieve. Resultaba desconcertante...

¿Qué debía hacer? Sabía que en mi lugar, Peary habría actuado como un jefe: los habría sermoneado y obligado a reanudar la caza. Pero yo no era Peary.

–Está bien, demos media vuelta.

Aliviados, mis compañeros plegaron la tienda con rapidez y nos pusimos en marcha.

En el camino de vuelta, el cielo se despejaba poco a poco. Seguía haciendo frío pero, curiosamente, ya no sufría tanto por los veinte grados bajo cero; al contrario, me gustaba el picor frío en la cara. Los perros avanzaban bien y mis botas ya no me hacían daño. Incluso el paisaje, aunque no hubiera cambiado, me parecía más suave que en la ida, casi apacible. Me sentía bien.

Me vino a la mente un comentario que hizo el viejo Ikwah.

Fue durante mi primer viaje a Groenlandia. La primera vez que me vio, Ikwah tomó mi mano, me subió la manga y pegó su brazo desnudo al mío para comparar nuestro color de piel. Después me señaló con el dedo y dijo: «¡Esquimal... esquimal!» Todos los extranjeros que había visto hasta entonces eran blancos, así que yo no era un extranjero: yo tenía que ser esquimal. ¿Qué importaba que mis ojos no fueran rasgados, que mi cabello fuera crespo y que tuviera bigote? Para Ikwah, era un primo perdido que volvía a su tierra. Sintió el deber de enseñarme todo lo que yo había «olvidado»: hablar esquimal, cazar focas, construir iglúes de tierra en verano y de hielo en invierno, reparar un trineo destruido por cincuenta grados bajo cero, controlar perros rebeldes... Resulté ser un alumno atento y, debo decir, bastante bueno. Todo esto reafirmó la idea que tenía Ikwah: yo era un esquimal.

¿Y si tuviera razón?

Estas cosas pensaba en el camino de vuelta: quizá tenía un lado esquimal que me hacía amar este lugar, su hielo y sus gentes.

De pronto, una pregunta cruzó mi pensamiento: ¿por qué acababa de aceptar que diéramos la vuelta? ¿Para evitar un conflicto con mis compañeros o porque yo también tenía miedo de Tornarsook? ¿Era tan esquimal como para sentir eso?

La hipótesis me hizo sonreír, incluso me gustó.

Capítulo cuatro

Prisioneros del *Roosevelt*, invierno de 1908

La noche de cinco meses
Tormenta, muerte de perros y «pibloktos»

Mi camarote era pequeño pero práctico.

La cama se encontraba al fondo, cerca del casco. Debajo, un baúl para la ropa que se abría levantando la cama. Al entrar, a la derecha, una tabla de madera servía de mesa. Para tener más espacio, se plegaba contra el tabique. En las estanterías, mis libros: *Casa desolada*, de Charles Dickens, *Baladas del cuartel*, de Rudyard Kipling, la *Biblia* y las obras escritas por el comandante Peary donde se cuentan nuestras últimas expediciones.

Había que tener cuidado de no empujar los libros hasta el casco. Al estar comunicado con el exterior, estaba congelado, incluso en el interior: la humedad del aire del camarote se asentaba allí en forma de escarcha. Si un libro tocaba el casco, no tardaba en quedarse pegado. Una vez a la semana rascaba la escarcha y la tiraba fuera en cubos llenos.

Sobre la mesa, prendida con alfileres, estaba la foto de mi mujer, Lucy. Aquella imagen era como una ventana abierta a mi otra vida. Siempre tuve la impresión de tener dos vidas muy separadas, una blanca y otra negra: por un lado, mi vida en el Ártico, con el comandante, la amistad de los esquimales, la naturaleza salvaje y la impresión de ser útil; por otro lado, mi vida en Estados Unidos.

Cada vez que volvía de una expedición, en el mismo momento en que ponía los pies en el puerto, dejaba de ser un explorador. Tenía que buscar un apartamento y un trabajito para sobrevivir hasta el siguiente viaje. Y así, fui taxidermista en un museo de historia natural y portamaletas en un coche cama. Durante esos meses, veía poco al comandante: no vivimos en el mismo mundo. Él, al regresar, se convertía en una celebridad, un explorador polar de moda.

Durante mucho tiempo detesté mi vida en Estados Unidos. Hasta aquel día de 1904, cuando la conocí en casa de unos amigos neoyorquinos: se llamaba Lucy Ross y era bellísima. Era tan bella que tardé bastante en declararle mi amor. Después se convirtió en mi esposa y es mi única razón para ser feliz cuando vuelvo a Estados Unidos ya que no tenemos hijos. Su foto, colgada en mi camarote del *Roosevelt*, era el enlace entre mis dos vidas.

Y aparte de eso, ¿qué más había en mi camarote? Ah, sí, muy importante: el calendario. Tenía un calendario publicitario con una pintura que mostraba una joven rubia pescando con caña en un paisaje campestre. Para sentir el paso del tiempo durante el invierno polar, tachaba cada día que pasaba. Los días memorables, me sentaba en la cama, afilaba el lápiz y anotaba algunas palabras en un cuaderno de espiral para recordarlas más tarde.

12 de octubre. El sol ha desaparecido definitivamente. Durante el verano, giraba en círculo en el cielo; después, en otoño, fue descendiendo poco a poco sobre el horizonte. Hoy, a mediodía, se ha alzado por última vez, descendiendo inmediatamente. No volverá hasta dentro de cinco meses.

23 de octubre. Luz y temperatura cada vez más bajas. El día no es más que un interminable crepúsculo de color plomizo. Fuera hace menos treinta grados.

1 de noviembre. Horario de invierno. A partir de hoy, desayuno cada día a las nueve de la mañana, después jornada de trabajo para preparar la incursión de primavera en trineo. Cena a las dieciséis horas, luego tiempo libre. A las veintidós horas, campanazo para pedir el cese de ruidos molestos. A medianoche, segundo campanazo para apagar los fuegos. Para la comida, menú idéntico de una semana a otra. Hoy, que es domingo, hemos comido: cereales, galletas secas cocidas con bacalao salado, pan con mantequilla y café. Para cenar: trucha asalmonada, fruta, chocolate. Los esquimales comen lo que quieren: tienen libre acceso a la cocina, así como al resto del barco (excepto al camarote del comandante).

10 de noviembre. Todos los que estaban de descanso, de caza o de exploración han regresado ya. La gran noche ha engullido al *Roosevelt*. Está oscuro las veinticuatro horas del día. Estamos encerrados en el barco como en una prisión. Prohibido alejarse más de quinientos metros, incluso con linternas. Más allá, se corre el riesgo de no encontrar el camino de vuelta si se apaga la luz. La noche polar me deprime; no debo de ser un verdadero esquimal.

11 de noviembre. Hemos construido un amplio iglú sobre la cubierta. Sirve de estudio fotográfico para Borup el niño (así se entretiene, así que está bien). Frente al objetivo, los esquimales se divierten simulando escenas de pesca o de caza... Sin embargo, se niegan a que los fotografíen cuando comen. No sé por qué.

12 de noviembre. Un día horrible. Empezó con una nevasca furiosa que hizo silbar los cordajes. El *Roosevelt* crujía, vibraba, gemía. Imposible salir a cubierta: el viento, la nieve y la oscuridad nos empujaba, como llevados por una mano invisible. ¡La tormenta de la muerte! Los esquimales, aterrados, han pedido protección a sus ancestros. El comandante ha dado orden de apagar las lámparas de alcohol y las estufas de carbón para evitar incendios. En la oscuridad y el frío, esperamos que pase. Supongo que el fin del mundo se parecerá a esto.

15 de noviembre. Tras la tormenta, varias familias esquimales se han instalado en tierra (más seguro según ellos). Los demás se han quedado en la cabina de la parte delantera del *Roosevelt.* El interior se parece al de un iglú: pieles por el suelo, lamparitas de aceite, niños jugando, mujeres sentadas como sastres, cosiendo prendas de piel, hombres construyendo trineos con madera traída de Estados Unidos. Paso mucho tiempo con ellos fabricando trineos.

17 de noviembre. Pequeña lección de astronomía de mi amigo Ootah. En la parte del cielo donde vemos la Osa Mayor, los esquimales ven un rebaño de renos. La constelación de las Pléyades es para ellos un trío de perros que persigue a un oso. La Luna representa una joven que huye del avance de su admirador: el Sol. Me gusta cómo los esquimales ven el mundo. El comandante lo encuentra infantil. No creo que el asunto le interese. Lo que le importa es lo que los esquimales pueden aportar a la conquista del polo (pieles, perros y trineos). Eso es todo.

22 de noviembre. Una mala noticia: el Tiburón ha muerto. Desde hace días ha estado débil y ha muerto esta mañana. Podría ser por la comida. Peary está inquieto: de los doscientos cuarenta y seis, han muerto ya noventa. ¿Nos quedarán suficientes para la incursión en trineo?

29 de noviembre. He pasado tiempo con el amigo del Tiburón, inconsolable. Creo que le gusto. Para salvar a los perros que quedan, hemos probado darles de comer buey almizclero, reno e incluso panceta ahumada. Al final, la carne de morsa es lo que les viene mejor. Y a Peary también.

7 de diciembre. Hay luna llena. La luz pálida aclara débilmente el paisaje, lo justo para distinguir las formas. Durante unos diez días podemos alejarnos del buque. ¡Pero hay que ser prudente! El capitán Bob, que fue de caza, casi se queda allí. Estaba con sus esquimales a cien kilómetros del *Roosevelt.* Por un momento dejó a los esquimales dentro del iglú y se puso a rastrear bajo la luz de la luna. Acababa de encontrar huellas de reno cuando unas nubes cubrieron la luna. Oscuridad total. Imposible encontrar el iglú. Entonces esperó en la negrura, a cincuenta grados bajo cero, golpeando la nieve con los pies para calentarse. Afortunadamente, después de una hora, las nubes se disiparon y logró regresar al iglú. Pero en ese tiempo, los esquimales, creyendo que se había perdido, se habían puesto en camino hacia el buque. Por un golpe de suerte o un milagro, sus caminos se cruzaron. Si no, el capitán habría tenido que regresar solo de noche. ¿Habría sobrevivido?

Creo que sí: el capitán Bob es un felino, sospecho que ve en la oscuridad.

18 de diciembre. No, nada especial, basta decir que esta noche, después de la cena, hemos jugado a los dardos y he ganado. Como no lo había logrado nunca, todos me han felicitado. Hasta Borup el niño, que es un jugador excelente, se ha postrado ante mí como ante un rey: ¡quiere que le enseñe! Nos hemos reído mucho.

20 de diciembre. Hace un momento una esquimal se ha rasgado la ropa y ha empezado a gritar como loca. Ha chillado y gesticulado en cubierta, desnuda a pesar de los cuarenta y cinco grados bajo cero, después ha saltado del buque y ha corrido durante diez minutos por la nieve. Luego se ha quedado una hora atontada, con los ojos inyectados en sangre, el cuerpo sacudido por espasmos. Aunque hace mucho que asisto a *pibloktos*, no logro habituarme. El doctor Goodsell ignora la causa de estas crisis de locura. No obstante, no se puede hacer nada: sólo se interviene cuando el demente se apropia de un cuchillo y pone su vida o la de los demás en peligro.

25 de diciembre. ¡Ha venido el cartero! En el desayuno, hemos recibido cartas cuidadosamente conservadas para abrirlas hoy. Pues sí, es Navidad. He recibido una cariñosa carta de Lucy que dice que me quiere y que espera que llegue al Polo. Borup el niño ha recibido una carta de sus padres y el comandante una larga carta de su esposa Josephine y de su hija Mary, de quince años, y un dibujo de su hijo Robert, de cinco años. Tras abrir el correo, todos estábamos ausentes, el pensamiento lejos, flotando en alguna parte entre Estados Unidos y el Ártico. Por la tarde, el profesor MacMillan el melenudo ha organizado concursos deportivos: una carrera para niños esquimales, una para los hombres, una para mujeres con bebé en la capucha y una para mujeres sin bebé. Por la noche, cena de gala con cubiertos de plata. De menú: buey almizclero, pudin navideño y tarta de chocolate. El día terminó con un concierto de música en el gramófono y un hermoso espectáculo natural: una aurora boreal ha iluminado el cielo con nubarrones rosas y verdes. Un día estupendo.

1 de enero de 1909. Cambio de calendario. A partir de ahora me acompañará una muchacha rubia que muerde una manzana. ¡Bienvenida al Ártico! (a cuarenta y seis grados bajo cero...).

6 de enero. Luna llena. El profesor Marvin el calvo ha salido con esquimales hacia Groenlandia. Allí llevará a cabo un estudio científico de las mareas del Océano Ártico. El capitán Bob, el doctor Goodsell y el joven Borup han ido de caza, cada uno por su lado. Aquí cargamos los trineos para la gran incursión: abajo, un nivel de cajas rojas con *pemmican* para perros (pasta de carne seca y grasa). Después, dos niveles de cajas azules con galletas y *pemmican* para humanos. Luego, bidones de leche concentrada y alcohol para calentarnos. Finalmente, material para la noche: saco de dormir, hornillo, cacerola, cuchillo de sierra... El comandante está cada vez más nervioso y distante («¿Qué tal, comandante?», «Muy bien, Henson, muy bien...»). De pronto, yo también me pongo nervioso. Sé que nos espera lo más difícil: mil quinientos kilómetros de ida y vuelta sobre el hielo flotante de la banquisa.

12 de enero. Tacho los días, tacho los días, pero el tiempo parece haberse parado. Tres meses sin ver el sol, ¡una eternidad!

25 de enero. Ya está, la ropa de piel y los trineos están listos. Los perros están bien y quedan suficientes para el viaje sobre la banquisa. ¡Sólo falta el sol! A bordo, la tensión se apodera de nosotros. Quedan atrás las veladas jugando a los dardos, escuchando música y riendo. Cada uno se repliega en su rincón con sus inquietudes, tratando de no desvelarlas a los demás. El comandante comprueba mil veces cada trineo y rehace nerviosamente sus cálculos. El doctor Goodsell se refugia en sus libros. Borup el niño trabaja en su laboratorio de fotografía. Yo paso el rato con mis amigos esquimales.

28 de enero. A mediodía, un resplandor ha aparecido detrás de las montañas, al sur. El sol todavía no ha vuelto, pero la noche ya empieza a marcharse. Un paso más cerca de nuestra partida.

10 de febrero. La luz aumenta cada día. Sigue haciendo mucho frío: cuarenta y cinco grados bajo cero. Igual que en otoño, ambiente crepuscular, como una larga alborada. El problema entonces es sencillo: si salimos muy pronto, nos acosará el frío y la oscuridad; si salimos demasiado tarde, el calor dislocará la banquisa y las aguas bloquearán nuestro paso hacia el Polo. Un problema sencillo, una decisión terriblemente difícil para el comandante. El éxito o el fracaso de la expedición está en juego.

14 de febrero. La angustia se ha apoderado de los esquimales: hablan sin cesar de la expedición fallida de 1906. Algunos no quieren participar en la incursión. Se lo he comentado al comandante. Los ha reunido para explicarles su plan. El lugar de partida será el Cabo Columbia, al noroeste del Cabo Sheridan. La caravana estará compuesta de siete estadounidenses, diecisiete esquimales, veinte trineos y ciento cuarenta perros (los demás se quedarán en el *Roosevelt*). Se dividirán en siete equipos independientes, formados cada uno por un estadounidense y dos o tres esquimales. Los equipos tendrán su propio material (hornillo, cacerola, víveres...) y podrán así desenvolverse solos para regresar a tierra en caso de tener problemas. La explicación parece haber tranquilizado a los esquimales.

15 de febrero. Ya está, el capitán Bob ha salido a explorar con su equipo hacia el campamento del Cabo Columbia. Está abriendo camino, nos esperará allí. Me gustaría estar ya en marcha. Aquí no dejo de dar vueltas.

16 de febrero. Me he dado un baño y me han rapado el pelo como un boxeador. Está previsto que salga mañana. Tengo un nudo en el estómago, como si fuera el día antes del combate de mi vida. Este viaje, este último enfrentamiento contra el polo representa demasiado para mí. La culminación de diecisiete años de expediciones. Y todo va a jugarse ahora. Antes de escribir estas palabras, he revisado cuidadosamente cada detalle del camarote. He pasado aquí nueve meses y quizá no lo vuelva a ver. Me llevo la fotografía de Lucy.

17 de febrero. Nevasca muy violenta. Ráfagas de viento cargadas de nieve. Visibilidad nula: fuera con un brazo extendido no se ve la mano. La partida se pospone hasta mañana. Si Dios quiere.

Capítulo cinco

La gran partida, primavera de 1909

Preparados, listos... ¡ya!
Caminamos sobre el mar
Primeras pruebas

Cuando abrí los ojos, estaba oscuro.

Durante algunos segundos, no sabía dónde estaba, como después de una noche en un coche cama. No estaba en la litera del *Roosevelt*: demasiado duro y frío. Sentía que estaba vestido, enrollado en una piel de reno. Oía respiraciones lentas y regulares junto a mí.

Después, mi corazón empezó a latir muy deprisa. Ahora lo recordaba: el iglú, el Cabo Columbia, la gran partida.

Repté a oscuras y empujé el bloque de hielo que servía de puerta. Fuera, el frío era terrible y la luz muy débil. Llegaban voces ahogadas de otros iglúes. Mi reloj marcaba las cinco y media. Cerré la puerta y encendí la lámpara de alcohol. Su viva luz invadió el iglú: en un rincón, el hornillo, los platos de la noche pasada, las botas y los abrigos de piel. Al fondo, bajo sus pieles de reno, mis tres esquimales dormían muy juntos.

–Ootah, Kudlooktoo, Ahwatingwah... ¡venga, arriba, ya es hora!

–Mmmm...

Fundí hielo para hacer té y preparar el desayuno: galletas y *pemmican*. Después de unos minutos sobre el hornillo, la pasta de carne y de grasa se transformó en un guiso espeso y humeante. No era muy apetitoso, pero daba fuerzas: la jornada sería larga.

–¿Está todo el mundo despierto? –preguntó una voz desde fuera–. Salimos en una hora.

Reconocí la voz grave y solemne de Peary.

–Estaremos listos, comandante, estaremos listos.

Desayunamos en silencio. ¿Qué podíamos decir? Que nadie había llegado a donde queríamos ir, que no sabíamos si lo lograríamos o si volveríamos para contarlo. Todos teníamos las mismas preguntas, pero no teníamos respuestas, así que, ¿para qué decirlas en voz alta? Aún en silencio, agarramos nuestras cosas, nos pusimos el abrigo, las botas y las manoplas y salimos.

El campamento del Cabo Columbia constaba de siete iglúes. Un poco más allá, en fila india, una veintena de trineos cargados de víveres. Cada hombre retomaba su actividad según las instrucciones dadas por Peary el día anterior.

–Buenos días, Matt. ¿Qué tal está?

Era el profesor Marvin, que salía de su iglú.

–Buenos días, profesor. Bien, ¿y usted?

Agitó la cabeza con tono grave. Él también debía de hacerse las mismas preguntas. Le sonreí intentando reconfortarlo. Ross Marvin me gustaba mucho. Tenía treinta y tres años y era muy precoz: ya era profesor de universidad y ya estaba calvo. Era también tranquilo y paciente: durante nuestro viaje anterior, había pasado mucho tiempo intentando enseñarme cálculo astronómico. Yo le quería mucho y debí de habérselo dicho. Pero en ese momento, tenía otras cosas que hacer.

Esparcidos alrededor de los trineos, los perros dormían como bolas, medio cubiertos por la nieve y con el hocico caliente bajo su densa cola. Entre estas bolas de pelo, yo buscaba uno en particular, el de la mancha amarilla alrededor de la oreja derecha.

–Ah, ahí estás, pequeño... ¡Levanta, vamos a dar un paseo!

Pasé la mano bajo el pecho del amigo del Tiburón, lo levanté y lo puse a cuatro patas. Un escalofrío recorrió su cuerpo: a cuarenta grados bajo cero, incluso un perro esquimal tiene frío.

–¡Dame la pata! Pásala por el arnés... Ahora la otra...

Aseguré el arnés –tarea difícil con manoplas– y después fui a buscar otro perro. Cuando los ocho perros estuvieron atados al trineo, los dejé solos. Koolee, un gran perro gris de lomo negro, enseñó los dientes. Otros dos, uno blanco y otro negro, gruñeron. Inmediatamente la situación se convirtió en una batalla general. Era un ritual: debían decidir quién impondría su ley. Después, un solo gruñido de jefe, una sola mirada, y todos obedecerían.

–¡Salimos dentro de diez minutos! –exclamó el comandante Peary.

Eché un último vistazo al lugar. A mis pies había tierra, una tierra nevada pero dura, sólida, tranquilizadora. Frente a mí, el inmenso Océano Ártico recubierto de una capa de hielo quebradiza y móvil. Nuestro adversario. Ya nos habíamos enfrentado en dos ocasiones y en ambas habíamos perdido. Pero en cada intento tuve la impresión de comprender mejor los peligros. Había mejorado. Cuanto más se conoce al adversario, más posibilidades hay de vencer algún día.

–¡Salimos dentro de cinco minutos!

Comprobé que no olvidaba nada en el iglú, después me uní a mis esquimales en los trineos en cabeza: Peary me había pedido que abriera la marcha. En la parte delantera de mi trineo, mis perros estaban acostados en la nieve, excepto Koolee, que sería el jefe. Me hubiera gustado que fuera el compañero del Tiburón, pero no parecía interesado en el puesto. Tomé el látigo y esperé órdenes del comandante.

–¿Todo el mundo está listo? ¿Doctor Goodsell? ¿Matthew? ¿Profesor MacMillan, está listo? ¿Profesor Marvin? ¡Pues vamos, en marcha!

* * *

Desde el primer paso, supe que la banquisa no nos quería en ella.

Un viento glacial se alzó, levantando la nieve del suelo en remolinos. La nevasca me lanzó aguanieve a los ojos y aprovechaba la menor apertura para colarse bajo mis pieles y helarme la piel. Avanzaba ciego en un paisaje blanco y fantasmal, contra un viento que me rechazaba.

—¡How-eh!

Los perros giraron a la derecha y remontaron una pequeña pendiente. El trineo ralentizó. Una borrasca de nieve nos envolvió, pero el tiro logró superar la cresta de hielo. En la parte trasera del trineo, empujaba con todas mis fuerzas para facilitar el paso. Mis botas se resbalaban. El trineo pesaba doscientos cincuenta kilos, tres veces mi peso. Por fin el trineo llegó al otro lado de la cresta nevada y aceleró. Corrí para alcanzarlo.

¡Espira, espira, inspira! —para evitar el flato.

Pero inmediatamente, otra cresta que escalar. El terreno era terriblemente irregular. La banquisa no es una pista de patinaje lisa y rígida: está formada por infinidad de hielos, grandes como mesas o como casas, empujados por las corrientes y que se empujan entre sí, se levantan, forman crestas de varios metros de alto: millones de colinas que cruzar. La banquisa se mueve, cruje, cambia. Está viva. Y no nos quería en ella.

Espirar, espirar, inspirar.

A medida que nos alejábamos de la tierra, el viento arreciaba. Me volví y distinguí, a través del aire cargado de nieve, el tiro de Ootah. Más allá, todo estaba blanco. Solo oía, entre los rugidos de la nevisca, las órdenes de Kudlooktoo a sus perros. Y otra cresta que superar. Con los ojos medio cerrados, buscaba el rastro del capitán Bob. Por orden de Peary, había salido de batidor con Borup el niño y sus esquimales veinticuatro horas antes que el resto de la caravana. Debían abrir el camino hacia el norte con trineos ligeros.

Seguíamos sus trazas medio borradas con nuestros trineos sobrecargados.

Espirar... espirar... inspirar...

Algunas veces, el viento soplaba con tanta fuerza que me cortaba el aliento. Tenía que volver la cabeza hacia un lado para respirar. Pero, curiosamente, me sentía bien en aquel infierno. Me gustaba esa lucha porque era equitativa: allí no había color de piel; la banquisa nos trataba a todos de la misma manera. Había que tener gestos precisos, eficaces, y los míos lo eran. Estaba en mi lugar. A pesar del clima extremo, avanzaba rápido, algo básico para la expedición. En efecto, nuestro tiempo en la banquisa estaba contado: como no había ni plantas ni animales donde íbamos, llevábamos con nosotros la comida para todo el viaje. Cada minuto perdido reducía nuestras reservas de comida y las posibilidades de llegar al Polo.

Espirar... espirar... inspirar...

Después de cada hora de marcha, me paraba un poco para dejar a los perros recuperar el aliento. Y para que yo lo recuperara también. Al igual que los esquimales. Frotaba mi rostro entumecido y comía galletas que llevaba encima para mantenerlas calientes. Si fuera necesario, me alejaría para satisfacer una necesidad natural (era el momento de pensarlo). Después reanudamos la marcha. Porque se trataba de una marcha: en una incursión polar, nunca se va sentado en el trineo, sino que se camina o corre detrás de él.

Espirar, espirar, inspirar.

Al final de la mañana, después de cuatro horas de carrera, el viento amainó y la visibilidad mejoró, aunque no tuve tiempo de alegrarme: la banquisa contraatacó inmediatamente. Mi trineo acababa de cruzar una cresta de hielo cuando tropezó violentamente contra un surco helado. Hubo un crujido seco. Paré a los perros y examiné el trineo: la plancha de madera bajo el patín izquierdo se había agrietado a lo largo. ¡Maldición!

A cuarenta grados bajo cero, en medio de ninguna parte, empecé una reparación de emergencia con la ayuda de mis esquimales. Conocía los gestos de memoria de haberlos hecho una docena de veces: soltar las correas, descargar el trineo, volcarlo de lado, tomar la taladradora, hacer una serie de agujeros a ambos lados de la fisura, quitarme la manopla derecha, tomar una correa de piel de foca, introducirla en los agujeros, por encima, por debajo, por encima, por debajo...

De pronto, dejé de sentir mis dedos desnudos: estaban empezando a congelarse. Ni un minuto que perder: metí el brazo hacia dentro por la manga hasta el interior del abrigo e introduje la mano helada en la axila opuesta (un viejo truco esquimal). Ootah, Kudlooktoo y Ahwatingwah siguieron con la ligadura y cargaron el trineo.

La reparación duró tres cuartos de hora. Entre tanto, los equipos del doctor Goodsell, de los profesores MacMillan y Marvin y el del comandante Peary nos alcanzaron y adelantaron. Debíamos retomar la caravana a la carrera para volver a ponernos a la cabeza.

¡Espirar...! ¡Espirar...! ¡Inspirar...! ¡Espirar...! ¡Espirar...! ¡Inspirar...!

Con cada espiración salía una pequeña nube de mi nariz que aumentaba el hielo del pelo de mi capucha. Y otra cresta que superar. Pero nada más alcanzar la cabeza del cortejo, llegó el turno del trineo de Ootah. ¡Desesperante! Lo reparamos, después alcanzamos de nuevo la caravana a la carrera. Y aún más crestas. Séptima hora de marcha. Mis gestos eran cada vez menos precisos, mis piernas, más pesadas, mi aliento, más corto. A cada instante esperaba entrever a lo lejos las dos cúpulas blancas que pondrían fin a nuestros esfuerzos. Pero en vez de eso, ¡maldito día!, el trineo de Kudlooktoo no soportó más, se partió por la mitad, irreparable.

—Ya estamos bastante cerca del Cabo Columbia —expliqué a Kudlooktoo—. Vuelve con tus perros, toma uno de los trineos de carga y reúnete con nosotros lo antes posible. Nosotros vamos a seguir.

Espirar... Espirar... Inspirar... Espirar... Espirar...

Octava hora de marcha, primeros calambres, nariz congelada y deseos de terminar. Entonces, repentinamente, veo dibujarse dos cúpulas blancas sobre la banquisa a un kilómetro de nosotros. Sentí una alegría infantil.

Espirar, espirar y... suspirar: la etapa había terminado.

* * *

Paré mis perros junto a los dos iglúes, y Ootah y Ahwatingwah pronto se unieron a mí. Después llegaron los demás equipos.

–¡Ah, mi hotel! –exclamó el profesor Marvin–. No sé ustedes, pero yo he reservado una habitación con bañera. ¿Cuál es la mía?

–¡No tan deprisa! –objetó el profesor MacMillan–. ¡Aún no hemos decidido quién ocupará los iglúes!

Efectivamente, éramos cinco equipos para dos iglúes, ambos construidos el día anterior por el capitán y Borup, abandonados aquella misma mañana cuando reanudaron la marcha.

–En cualquier caso, ¡yo me quedo una! –declaró Peary–. Soy el más viejo y soy el jefe. ¡Sorteen la segunda!

Nos volvimos hacia el comandante para ver si estaba bromeando. Parecía ir en serio. Sólo había un iglú libre.

–¿Alguien tiene una moneda? –preguntó MacMillan–. ¿Un dado? ¿Tallos de hierba? Bueno...

El profesor se quitó las manoplas y arrancó un mechón de pelo de su capucha. Guardó cuatro, tres largos y uno corto. Tenía talento para ingeniar juegos con cualquier cosa.

El doctor Goodsell sacó un pelo, luego me tocó a mí, luego a Marvin:

–¡He ganado, tengo el pelo corto! –exclamó el profesor calvo.

Mis esquimales buscaron los cuchillos de sierra en sus trineos y empezaron a cortar bloques de nieve compactada, los ladrillos de nuestra futura casa. Yo me ocupé de los perros.

–¡Tranquilos, perritos! Habrá para todo el mundo...

Sabían bien lo que había en las latas rojas.

El comandante nos dio enseguida instrucciones para el día siguiente y redactó un informe del día pasado: veinticinco kilómetros en ocho horas. No estaba muy bien, pero con un clima y un terreno tan desastrosos, era al menos satisfactorio. Todavía quedaban setecientos veinticinco kilómetros hasta el polo, un mes de marcha a este ritmo.

Entré en el nuevo iglú. En el interior brillaba una lámpara de alcohol, era casi calurosa: Ootah y Ahwatingwah habían colocado una piel de reno en el suelo. Sobre el hornillo humeaba una sopa de *pemmican* borboteante. Al fondo nos esperaban nuestras tres mantas. Hacía bueno: quince grados.

Estábamos agotados pero contentos. Mientras comíamos, Ahwatingwah se burlaba de Ootah y de mí por nuestros trineos rotos: según él, éramos malos conductores.

Después de cenar, mis compañeros se echaron a dormir inmediatamente. Yo tomé mi cuaderno para anotar algunas cosas. Cuando lo abrí, la foto de Lucy se cayó: mi vida estadounidense se presentaba en mi vida ártica.

«¡Hola, cariño! ¡Bienvenida a mi iglú! No está mal, ¿verdad? Sí, ya lo sé, los platos están sin lavar... Ootah lo hará mañana. Ootah es el tipo regordete de pelo largo y negro, el que está allí durmiendo. Te he hablado mucho de él, es mi mejor amigo. El otro es Ahwatingwah. Se cree un dios en el trineo, pero es simpático. Y tú, ¿has pasado un buen día? Espero que estés bien y que pienses en mí».

Aquella noche, cerré el cuaderno sin haber escrito. ¿Tenía algo interesante que contar? ¿La tormenta glacial? ¿Las decenas de crestas? ¿Los trineos destrozados? ¿Los calambres? No era nada fuera de lo normal. Para un explorador polar, un día de trabajo cualquiera. Si el futuro fuera tan fácil...

Apagué la lámpara de alcohol, me enrollé en la piel pero no logré dormirme: los ronquidos de mis compañeros hacían temblar el iglú.

Me levanté y los sacudí con una mano cerrada.

—¡Ootah! ¡Ahwatingwah! ¿Están bien? ¿Están cómodos... ?

—Mmmm... Miy... ya estaba dormido...

—Yo también, Miy, estaba dormido...

—¡Oh, perdónenme, chicos! —repliqué—. Lo siento...

Volví a acostarme de inmediato y cerré los ojos. Tenía cinco minutos antes de que volvieran los ronquidos.

Capítulo seis

Los peligros de la banquisa

Nubes negras de mal agüero
Bloqueados por las grietas
¡Tornarsook!

El segundo día de marcha la nevasca amainó pero la temperatura permaneció glacial: un aire que congelaba los pulmones.

Por la mañana, los kilómetros desfilaron bajo nuestras botas. Uno, dos, tres, cinco, diez... Siempre he tenido el particular talento de estimar con precisión las distancias recorridas. ¡Soy un cuentakilómetros ambulante! Es un don muy útil en el Ártico que no deja de sorprender al comandante: en una ocasión en la que habíamos realizado una incursión al norte de Groenlandia, aposté que habíamos recorrido quinientos veinte kilómetros. Él calculó la distancia exacta... quinientos diez kilómetros. No está mal, ¿verdad?

Pero bueno...

Esa segunda mañana caminamos trece kilómetros sin problemas. Pero yo sabía que era demasiado bonito para durar: la banquisa nos preparaba algo en alguna parte.

Y efectivamente, a mediodía, cuando el cielo estaba despejado sobre nuestras cabezas, una espesa nube negra apareció por el horizonte, en el norte, justo hacia donde nos dirigíamos.

–¡Miy! –exclamó Ootah–. ¿Has visto eso?

–Sí, lo he visto...

Por desgracia, nosotros sabíamos perfectamente lo que significaba.

En el cielo azul, una nube negra y baja parecía un disparate: estaba fuera de lugar. Parecía más el humo de una pradera que una nube. Pero el humo del fuego de una pradera en la banquisa era todavía más disparatado.

No tardamos en penetrar la nube. Una niebla fina volvía la luz blancuzca y misteriosa. Borraba las sombras y me costaba ver las crestas y seguir el rastro del capitán Bob y del joven Borup.

Detrás de mí escuché a los esquimales chasqueando sus látigos en el aire. Los chasquidos no debían guiar a los perros, sino asustar al demonio Tornarsook.

Cuando de repente...

–¡*How-oooo!*

Frené bruscamente el trineo. Los perros se detuvieron justo a tiempo: delante de nosotros, la banquisa se terminaba. En el lugar del blanco hielo había una masa negra y lisa; el hielo volvía a empezar cincuenta metros más allá. Las corrientes marinas habían hecho su trabajo: tras el paso de los batidores, habían dividido el hielo y abierto un canal de agua infranqueable. Una espesa niebla se alzaba encima de este río, la nube que se veía desde tan lejos.

La banquisa había asestado su golpe: estábamos bloqueados. Peor aún: había dividido al grupo en dos. Delante, el capitán y Borup seguían su camino sin sospechar nada. Y como sólo tenían cinco días de víveres, se quedarían sin comida si no los alcanzábamos rápido...

–¡Ahwatingwah, cuida de los perros! Ootah, tú ven conmigo...

Nos dirigimos a pie hacia el oeste. Por allí, el canal parecía estrecharse un poco: quizá lográramos rodearlo y seguir nuestro camino. Ootah, con el látigo en la mano, lo chasqueaba nerviosamente.

–Miy...

–¿Qué?

–Tengo que decirte algo.

–¿El qué?

–No te enojes, pero voy a volver al barco.

¡Ay! Sabía exactamente lo que pasaba por la cabeza de mi amigo. Los esquimales suelen vivir en las costas, donde encuentran medios para subsistir. Nunca se aventuran muy lejos en la banquisa. ¿Qué podrían hacer? No hay más que hielo y peligros. Temen esta zona y no les falta razón.

Pero necesitábamos a Ootah, yo lo necesitaba.

–Pero bueno, tú, el más valiente de los esquimales, ¡¿tienes miedo de un poco de agua?!

–¡Basta, Miy! No es «un poco de agua» y lo sabes muy bien. Participé en tu última exploración: entonces los problemas también empezaron con un poco de agua...

–¡Pero no es lo mismo! Esto es una grieta de nada. Mañana se habrá helado y podremos pasar.

Ootah se quedó perplejo. La situación era grave: los diecisiete esquimales eran un elemento esencial del plan elaborado por el comandante. Si nos fallaban, no seríamos suficientes para llevar todos los trineos. Y sin los trineos, imposible llegar al Polo Norte. ¡Para eso, mejor abandonar ya!

–¡Espera! –insistí–. Te has comprometido, contamos contigo. ¿No quieres llegar al Polo Norte?

–¿Qué vamos a ver allí?

–No lo sé, nadie lo sabe. Nadie ha estado allí.

–Entonces ¿por qué vamos?

–¡Para ser los primeros!

–¿Y de qué sirve?

¿Qué podía contestar? ¿Que íbamos a ser celebrados como héroes en Nueva York, París y San Petersburgo? ¿Que haríamos avanzar la ciencia y el conocimiento? ¿Que los negros tendrían una razón para alegrarse? ¿Que Lucy estaría orgullosa de mí? A los esquimales eso les daba igual.

–¿Y las carabinas que te daremos si vienes?

–Miy, prefiero estar vivo. Quiero volver a ver a mis hijos. No iré al polo...

Volví al trineo sin argumentos, contrariado. Los equipos de Marvin, MacMillan, Goodsell y Peary nos alcanzaron. Ootah se dirigió hacia Peary para anunciarle la catástrofe:

–¡Vuelvo al barco!

El comandante lo miró unos segundos, impasible, con su cuerpo recto, imponente. Su mirada era fría y dura. Tenía una mirada –¿cómo describirla?–, una mirada de líder.

–No, tú no marchar. Seguir todos juntos y pasar aquí la noche. ¡Tomar cuchillo de sierra y construir iglú!

El bueno de Ootah se quedó un rato boquiabierto, desconcertado, sin saber cómo debía reaccionar. Después obedeció.

No me gustaban algunos aspectos de Peary, por ejemplo, sentía que pensaba mucho en el polo y poco en la gente que lo rodeaba, pero no podía evitar admirar su aplomo. Me hubiera gustado en alguna ocasión tener su mirada de líder. El capitán Bob también la tenía. En cambio, todo el mundo decía que mi mirada era amable. No es fácil dar órdenes cuando tu aspecto es amable.

Aquella noche acampamos en la orilla sur del oscuro río. En mi iglú, el ambiente era triste. Ootah estaba herido y yo inquieto: ¿se sellaría la grieta durante la noche? ¿Encontraríamos el rastro del capitán y del niño?

Nada de esto me servía.

* * *

¡Toc! ¡Toc, toc! ¡Toc!

Me despertaron unos golpecitos en el hielo.

Conocía bien ese ruido: Peary lo hacía golpeando con su piolet en el suelo de su iglú. Era un código para pedirnos que nos preparáramos cuanto antes.

Un desayuno rápido y nos encontramos todos en la banquisa unciendo los perros. Tras la noche, el paisaje había cambiado mucho: la niebla había desaparecido y el río también. Una espesa capa de hielo se había formado encima. Pero las corrientes acercaban ambas orillas, por lo que la superficie se había dividido en grandes placas.

–Hay que darse prisa y cruzar mientras aún sea posible –ordenó Peary–. ¡Matthew, tú vas en cabeza!

–Sí, comandante.

Hice chasquear mi látigo. Mis perros echaron a correr. ¡Más rápido, Koolee, más rápido! Mi trineo descendió por una nueva placa de hielo. El peso la hizo oscilar, casi hundirse. Salté a la placa siguiente. Era como atravesar un río cubierto de balsas sobre las que había que saltar. ¡Más deprisa, Koolee! Diez metros más. El hielo estaba aguantando. Los perros subieron por la orilla opuesta. ¡Salvados!

Ootah me alcanzó sonriendo –sus enojos no duraban mucho tiempo–, seguido por los demás. Buscamos inmediatamente las huellas del capitán y de Borup.

–¡Nada por aquí!

–Por aquí tampoco...

Mis miedos se confirmaron: las dos orillas se habían desplazado. Las huellas estaban en alguna parte, a la derecha o a la izquierda, pero ¿dónde? Las buscamos febrilmente durante una hora, hasta que Kyutah las encontró dos kilómetros al oeste. ¡Dos kilómetros!

Retomamos nuestro camino hacia el norte. Durante dos días avanzamos rodeados de espesas nubes bajas. La banquisa abría innumerables canales a nuestro paso para retrasarnos, desalentarnos, perdernos. Pero nosotros aguantamos: esquivamos las grietas cuando era posible. Algunas veces subíamos el trineo a un iceberg y después remábamos hasta la otra orilla, como en una barca. Algunas veces esperamos a que el río se cerrara por sí mismo. A pesar del tiempo perdido, seguíamos la pista de los batidores.

Pero sabíamos que lo más difícil estaba aún por llegar: una enorme nube oscura, la más grande y oscura que habíamos visto, nos cortaba el paso. Después de tres horas de marcha, alcanzamos aquel muro de vapor. Debajo, un río negro como la tinta. El capitán Bob y los demás estaban allí, bloqueados desde el día anterior. Pero la alegría del reencuentro duró poco.

–He inspeccionado la grieta –anunció el capitán–. Tiene quinientos metros de ancho y se extiende de izquierda a derecha hasta donde alcanza la vista. Imposible rodear o atravesar. Hay que esperar a que se cierre. Pero podría tardar mucho...

Lancé una mirada discreta a Ootah: ¿habría entendido, sin hablar inglés, las palabras del capitán? Tuve de repente la horrible sensación de retroceder tres años en el tiempo. Un recuerdo desagradable me subió a la garganta: el sabor de la carne de perro.

* * *

El primer día de espera todo fue bien. Arreglamos los trineos estropeados y secamos las pieles. Y un acontecimiento feliz tuvo lugar. Como tenía tiempo libre, apunté en mi cuaderno:

5 de marzo. A mediodía, aparición del sol sobre el horizonte, justo en el sur, durante unos minutos. La primera vez en cinco meses que lo veo. ¡Qué alegría!

Pero a partir del día siguiente, empezamos a impacientarnos. Estábamos bloqueados a seiscientos kilómetros del Polo sin poder hacer nada. Peary examinaba a cada paso la grieta, que se negaba a helarse a pesar del intenso frío. El capitán Bob andaba por todas partes con la mandíbula apretada, un verdadero león enjaulado. Sentados en el hielo, los esquimales discutían en grupitos. Cuando me acercaba, se callaban.

Todos pensábamos lo mismo: tres años atrás, este tipo de grietas casi nos costaron la vida. En la ida, una grieta dividió la caravana en dos. La parte delantera, donde nos encontrábamos Peary, Ootah, Seegloo y yo, siguió su camino con muy pocos víveres. No los suficientes para llegar al polo. Tuvimos que regresar a regañadientes. Pero lo peor nos esperaba a la vuelta. Cuando no nos quedaba nada de comer, otra grieta nos impidió llegar a tierra firme. Esperamos horas y horas a que se cerrara sin saber si ocurriría. Una angustia terrible. Duró seis días. Hambrientos, abatimos a los perros para comer.

Y ese extraño sabor me volvía a la boca; el sabor de la muerte.

¿Volvería a repetirse la misma historia? No, esta vez la banquisa no había logrado dividirnos: estábamos todos juntos contra ella.

¿Todos unidos?

El tercer día, un nombre circulaba entre los esquimales, que repetían ansiosamente «Tornarsook». Por la tarde, después de discutir en un rincón, Pooadloonah y Panikpah fueron al encuentro del comandante. Los vi gesticulando mucho, uno alzaba la pierna y el otro el brazo. Me acerqué a ellos.

–...y cuando hago esto, ¡me duele aquí, en el hombro!

–Y yo, con el pie congelado, apenas puedo caminar.

–¿Es cierto todo esto? –preguntó Peary.

–¡Por supuesto, comandante! Debe creernos...

–¡Hay que volver a tierra! –exclamó Pooadloonah.

Ante un hombre tranquilo, Peary habría utilizado su mirada de líder, pero con dos hombres sobreexcitados, sólo habría empeorado la situación. Peary pareció dudar. ¿Qué era mejor: perder a dos esquimales o dejar que la situación se volviera explosiva?

–Precisamente yo necesitar dos personas para llevar mensaje a *Roosevelt* –dijo al fin–. Ustedes volver a tierra, llevar mensaje y volver a casa.

Los esquimales se calmaron inmediatamente, pero dejaban una puerta abierta: ¿quién sería el próximo en abandonar?

La banquisa estaba ganando la batalla. Nuestro gran equipo se estaba agrietando...

Al día siguiente, un acontecimiento desafortunado estuvo a punto de dividirnos definitivamente. El profesor MacMillan estaba preparando té en su iglú cuando Weesockasee y Towingwah se desmayaron. Rápidamente, el profesor abrió la puerta del iglú para ventilar: los desmayos se debieron al vapor de alcohol. Sin embargo, para los esquimales, la razón era otra:

–¡Ha intentado matarnos! ¡Tornarsook ha intentado matarnos!

Una horrible ola de locura barrió el campamento. Chasquidos de látigo, gestos y hechicería. Una situación incontrolable. Dos hombres se precipitaron sobre Peary:

–¡Yo vuelvo a tierra!

–¡Yo también!

Yo intentaba hacer razonar a los más agitados. El capitán Bob vigilaba los trineos y los perros.

¡Después gritos estridentes!

Cuatro esquimales gritaban, de pie y en círculo. En medio, dos hombres en el suelo. Reconocí a Ootah y al profesor MacMillan en el hielo. ¿Se estaban peleando? ¡No, Ootah no, tampoco el profesor! Me disponía a intentar separarlos cuando...

–¡He ganado! –gritó Ootah.

–¡Bien jugado! ¿Otro?

Los dos unieron sus manoplas derechas y empujaron contra el brazo del otro.

–El que gane, contra mí.

Sólo estaban echando un pulso. Otros esquimales acudieron para mirar y participar. El profesor, acostumbrado a ocuparse de estudiantes, se había propuesto desviar su atención. Después del pulso, organizó un concurso de lucha, de boxeo y de carreras. Los vencedores recibirían cuchillos y varios objetos que repartirían en el *Roosevelt*. Cuando terminara la expedición, claro. ¡Y no se volvió a oír hablar de Tornarsook!

Después, los únicos que seguimos nerviosos fuimos los estadounidenses. Cada hora que pasaba era una hora de comida que desaparecía, como si el polo se alejara de nosotros. Peary probó mil veces la solidez del hielo que empezaba a cubrir la grieta. Yo observaba los juegos de los esquimales y me divertía adivinando el nombre de los futuros vencedores; lo que fuera para olvidar la grieta y el sabor a perro.

Por fin, al séptimo día, el hielo se hizo lo bastante espeso para caminar encima. Quizá la banquisa había entendido que no lograría vencernos; nos dejó retomar el camino hacia el norte.

Capítulo siete

Sólo puede quedar uno

La conquista del polo
CUADERNO DOCUMENTAL

¿ Quiénes eran Peary y Henson ?

ROBERT PEARY nació el 6 de mayo de 1856 en Pensilvania, en una familia modesta. Después de acabar sus estudios, entró en la Marina estadounidense como ingeniero. A los veintinueve años, una misión a Panamá (donde el nombre de Cristóbal Colón resuena todavía) cambió el curso de su vida: se haría explorador. Puesto que las últimas zonas del mundo que quedaban por explorar eran los polos, él decidió ir al Polo Norte. Su esposa Josephine lo apoyó y acompañó durante su segunda expedición: dio a luz a la pequeña Marie en Groenlandia. Robert Peary era un hombre obstinado que alcanzó su objetivo el 6 de abril de 1909, durante su octava expedición. Murió en 1920, reconocido y admirado, y está enterrado en el conocido cementerio militar de Arlington.

MATTHEW HENSON nació el 8 de agosto de 1866, en Maryland, una región agrícola cerca de Washington. Pobre y huérfano, dejó la escuela muy joven y se hizo marino. Su encuentro con Peary, cuando tenía veintiún años, cambió su vida. Gracias al comandante, descubrió Groenlandia, lugar donde el racismo no existía. Humilde y curioso, se apasionó por la cultura esquimal. Entre dos de sus expediciones se casó con Lucy, pero no tuvieron hijos. La conquista del Polo le dio fama limitada que llegó tarde. Al morir, en 1955, fue enterrado en un pequeño cementerio del Bronx. En 1988 su ataúd y el de Lucy fueron trasladados con honores a Arlington, donde descansan desde entonces junto a Peary.

El camino hacia el polo

El Ártico es la región que se encuentra al norte de la Tierra. Consta de un vasto océano recubierto de hielo y rodeado de tierra nevada: Groenlandia, el norte de Canadá, Alaska, Siberia y el norte de Europa.

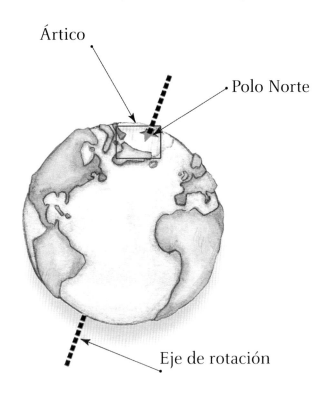

Ártico

Polo Norte

Eje de rotación

El Polo Norte geográfico, objetivo de la expedición de Peary, es el punto imaginario situado en la intersección entre el globo terrestre y su eje de rotación.

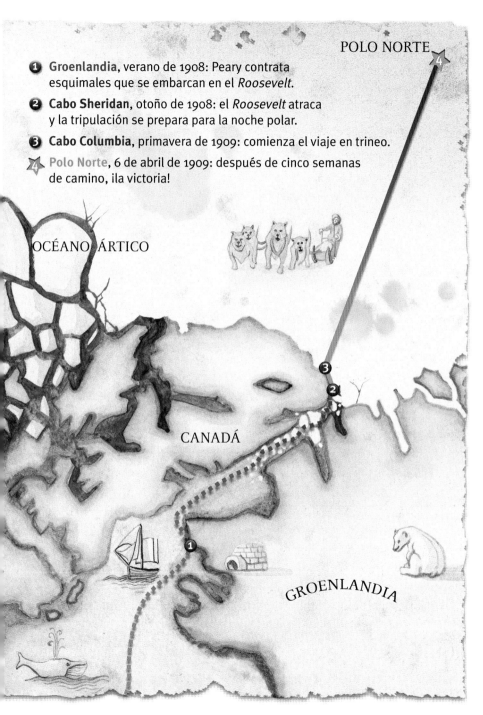

POLO NORTE

1 **Groenlandia**, verano de 1908: Peary contrata esquimales que se embarcan en el *Roosevelt*.

2 **Cabo Sheridan**, otoño de 1908: el *Roosevelt* atraca y la tripulación se prepara para la noche polar.

3 **Cabo Columbia**, primavera de 1909: comienza el viaje en trineo.

4 **Polo Norte**, 6 de abril de 1909: después de cinco semanas de camino, ¡la victoria!

OCÉANO ÁRTICO

CANADÁ

GROENLANDIA

¿Cómo se orientaron?

Para llegar al Polo Norte, el equipo de Peary caminó hacia el norte. Confirmaban cada cierto tiempo su posición en relación al sol.

Para ir hacia el norte Peary utilizaba una brújula. ¡Pero cuidado! Hay dos Polos en el norte: el Polo Norte geográfico, al que se dirigía Peary, y el Polo Norte magnético, hacia el que apunta la aguja de la brújula. Ambos puntos distan 2.000 kilómetros entre sí. Para ir hasta el norte geográfico, Peary se dirigió realmente hacia el sudeste magnético.

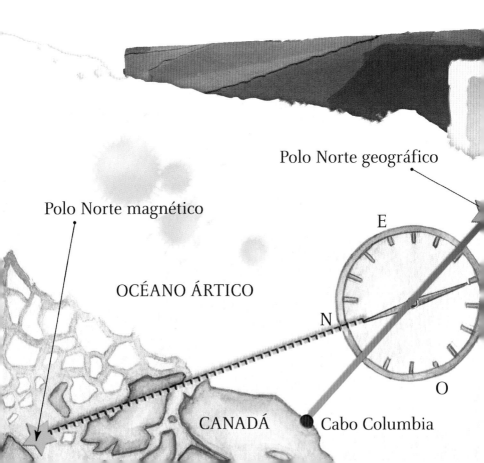

Polo Norte geográfico

Polo Norte magnético

E

OCÉANO ÁRTICO

N

O

CANADÁ   Cabo Columbia

Confirmar la posición. Cada cinco días, cuando el tiempo era favorable, la expedición calculaba su posición con un sextante. Este instrumento permite medir la altura del sol sobre el horizonte. La altura depende de la hora, del día y de la posición en el planeta. Sabiendo los dos primeros datos, es posible calcular la posición gracias a unas tablas. El Polo Norte geográfico es el lugar donde la latitud es de 90° N.

La fauna y la flora

En el Ártico, la fauna es más variada que la flora. En verano la tierra se deshiela en las costas, lo que permite que crezcan el brezo, el musgo y el diente de león. Los herbívoros se alimentan de estas plantas. Pero el deshielo es insuficiente para que los árboles echen raíces.

El reno, también llamado caribú, vive en grandes manadas. Al igual que la liebre y el buey almizclero, se alimenta de hierba.

El **oso blanco** se alimenta de focas y puede llegar a pesar una tonelada. Junto con el lobo y el zorro, es uno de los grandes depredadores del Ártico.

Las aves del Polo Norte se diferencian de los **pingüinos** del Polo Sur por su capacidad de volar. En invierno, emigran a regiones más cálidas al sur.

La morsa, torpe en tierra, es muy ágil en el agua. Se alimenta de peces y usa sus colmillos para arrancar moluscos del fondo marino.

Los esquimales

Los esquimales o inuit *viven en el extremo norte de América y en Groenlandia. No viven en la banquisa, sino en tierra a lo largo de las costas árticas.*

La caza. Antes, los *inuit* vivían de la caza. La carne de los animales servía para comer, la piel para vestir, la grasa para calentarse y dar luz, los huesos para fabricar anzuelos.

Desplazamiento. Los *inuit* eran nómadas: se trasladaban frecuentemente. Para desplazarse sobre el hielo usaban trineos tirados por perros. En el agua navegaban en kayak.

Lugar de asentamiento. Los *inuit* vivían en casas bajas de piedra lisa. Cuando iban de caza en invierno, dormían en iglúes de nieve. En verano, en tiendas de piel.

La familia. El padre cazaba. La madre criaba a los hijos, confeccionaba ropa y se ocupaba de que la lámpara de aceite no se apagara nunca.

Las creencias. Para los *inuit*, todo objeto y todo animal tenía alma. Estos espíritus influían en lo que iba a ocurrir.

En la actualidad. Desde hace varias décadas, la vida de los *inuit* ha cambiado: viven en casas de madera, se desplazan en motos de nieve, trabajan para ganar dinero y los niños van a la escuela. Su cultura ancestral está desapareciendo…

¡A la conquista del polo!

Durante siglos, muchas expediciones se lanzaron a la exploración del norte en barco, en trineo o en globo. Con mayor o menor éxito...

1588 El inglés John Davis navega a lo largo de Groenlandia y llega a 2.000 kilómetros del Polo... todo un récord.

1605 Henry Hudson marca un nuevo record: 1.000 km del Polo.

1827 William Parry intenta llegar al Polo con trineos tirados por renos. Se acercó hasta 800 km.

1831 James Ross alcanza el Polo Norte magnético, al norte de Canadá. En aquel lugar, la aguja de la brújula señala... ¡el suelo!

1847 La expedición de John Franklin, compuesta por cien hombres, desaparece en el norte de Canadá.

El noruego Fridtjof Nansen llega a 420 km del Polo gracias a trineos tirados por perros.

El sueco Salomón Andrée se dirige en globo al Polo. El globo revienta y el equipo muere.

1900 El duque italiano Luis de Saboya llega a 380 km del Polo.

1906 Peary y Henson dan media vuelta a 320 km del Polo por falta de víveres. Nuevo récord.

1909 Peary y Henson llegan al Polo Norte.

1911 El noruego Roald Amundsen llega al Polo Sur.

Razones del éxito de Peary

Razón n° 1
El Roosevelt *permitió a la expedición ir lo más al norte posible en barco.*

Con sus **mástiles** y su **máquina de vapor**, navegaba todo el tiempo.

El **casco redondeado** y reforzado soportaba la presión del hielo.

El **interior** era el entorno ideal para pasar el invierno al abrigo.

Razón n°2
En la banquisa, Peary utilizó técnicas esquimales.

Los **trajes de piel** eran los mejor adaptados al frío: botas y manoplas de foca, pantalón de oso y parca de zorro.

Los **trineos**, tirados por perros ligeros y resistentes, permitían el desplazamiento sobre el hielo.

Los **iglúes**, construidos en una hora, servían de alojamiento para tres o cuatro personas.

La llegada al polo

Ooqueah, Ootah, Henson, Egingwah y Seegloo en el Polo Norte. ¿Pero era realmente el Polo? Para llegar allí, el equipo caminó en dirección al Polo Norte geográfico. Sin embargo, bajo sus pies, la banquisa se movía. Si se movió hacia el este, significaría que el equipo se desplazó demasiado hacia el nordeste. Actualmente, algunos dudan de que Peary llegara al Polo Norte. Pero como es un debate sin solución, se le considera el vencedor oficial del Polo.

Eliminatorias en la banquisa
Cruel suspenso y tristes despedidas
El increíble plan del capitán Bob

La continuación de nuestro viaje parecía un juego de eliminatorias. Pero no era un juego.

A medida que avanzábamos hacia el polo, nuestras reservas de comida y alcohol disminuían. Un trineo se vació, luego otro y otro. Muchos perros y personas se consideraron prescindibles. Mejor que seguir alimentando aquellas bocas inútiles, Peary les ordenaba dar media vuelta con los víveres justos para regresar a tierra firme. Su misión había terminado.

Sabíamos las reglas del juego desde que salimos del *Roosevelt*: salíamos siete equipos, entonces uno regresaría, otro cinco días después, y así sucesivamente... al final, sólo quedarían dos, que intentarían llegar al polo: el de Peary y otro. ¿Cuál? Lo ignorábamos. El comandante lo decidiría llegado el momento.

–¡Adios, Matthew, cuídate!

Las lágrimas brillaban en los grandes ojos del doctor Goodsell. Alzó la cabeza hacia el cielo:

–¡Maldito viento helado!

–Sí, un tiempo triste. Buen viaje, doctor...

Momento cruel. Estábamos a seiscientos cincuenta kilómetros del polo y ningún estadounidense quería volver al buque tan pronto. ¡Ninguno! Pero uno debía regresar, así que Peary eligió al doctor: era su primera expedición y sería más útil como médico en el *Roosevelt* que como explorador en la banquisa. Volvería con Wesharkoupsi y Arco.

Tras la despedida, subí a lo alto de una cresta, tomé la brújula y esperé a que la aguja se estabilizara. Miré hacia el sureste. A unos tres kilómetros de donde estaba, había un pico de hielo puntiagudo fácilmente reconocible. Un punto de mira perfecto. Bajé la cresta.

–Ahwatingwah, Koolootingwah, Ootah, ¿están listos? Entonces ¡adelante!

Dirigí el tiro hacia el pico puntiagudo. Por primera vez desde que salimos, no estaba siguiendo un rastro en el suelo. Peary me había pedido que, durante los siguientes cinco días, sustituyera al capitán como batidor. Me alegraba mucho. Sabía que, llegado el momento de elegir quién le acompañaría al polo, el comandante no se dejaría guiar por los sentimientos. Mi amistad y fidelidad desde hacía veinte años no contaría: elegiría al mejor. Y estaba dispuesto a demostrarle que era yo.

Una vez alcanzado el pico, detuve a mis perros y busqué otra referencia visual por el sudeste. ¿Por qué el sudeste? Porque es ahí donde se encuentra realmente el Polo Norte. Hay dos polos. El magnético, hacia el que se dirige la aguja de la brújula, situado al norte de Canadá. El inglés John Ross lo alcanzó por primera vez en 1830. Nosotros nos dirigíamos al Polo Norte geográfico, ese punto virtual en lo alto de la Tierra por donde pasa el eje de rotación de nuestro planeta. Como los dos polos no están en el mismo lugar, para ir al norte geográfico desde donde estábamos, no era extraño que nos dirigiéramos hacia el sudeste magnético.

Así, avanzaba de referencia en referencia. Pero en realidad no avanzaba tanto. La nieve estaba blanda y las patas de los perros se hundían profundamente. Y además había que esquivar los pequeños canales, esas aristas vivas que había que superar. La banquisa no me ayudaba, la nevasca tampoco. Y ¡crac! Un trineo que arreglar. A diferencia del capitan Bob, yo no tenía un cargamento ligero. Y ¡crac! Otro trineo. A pesar de las doce horas de agotadora marcha, no logré recorrer los treinta kilómetros que Peary me había pedido. Sólo dieciocho. Me desmoralizó bastante. La jornada siguiente fue un poco mejor, veinticuatro kilómetros, pero dos días después el terreno se hizo horrible. Las grietas y las crestas. ¡Por favor, banquisa, diez kilómetros de pista decente! O sólo cinco. O sólo uno, ¡por favor! Pero no: más crestas y ríos. Y de nuevo ¡crac!

Estaba haciendo la reparación a cuarenta y cinco grados bajo cero, dos trineos nuevos a partir de tres restos, cuando oí perros ladrar detrás de mí. No eran mis perros, tampoco los de mis esquimales: los nuestros estaban acostados junto a los trineos.

–¿Y bien, Henson, algún problema?

¡El comandante!

Había salido veinticuatro horas antes que la caravana y en sólo tres días me habían alcanzado. No había estado a la altura.

–Comandante, tengo que decirle que...

Su mirada de acero gris me heló la sangre.

–Han sido los trineos –insistí–. Y además el terreno... Pero puedo hacerlo mejor...

–Claro, Henson, claro.

Pero era verdad, no era cuestión de quejarme, y yo sabía hacerlo mejor. Mi trineo estaba sobrecargado, no era justo. Estaba hundido. Había fracasado.

* * *

Estábamos a seiscientos kilómetros del polo y yo era el siguiente que volvería al *Roosevelt*. Nunca alcanzaría mi objetivo. Todo se derrumbaba. Ya no tenía ni ganas de continuar.

Sin embargo, debía –¡qué amarga obligación!– proseguir el camino hacia el norte: mientras yo hacía de explorador, el profesor MacMillan, que tenía el talón congelado, había dado la vuelta con dos esquimales. La caravana estaba compuesta por cinco estadounidenses, once esquimales, cien perros y doce trineos. El próximo regreso tendría lugar en cinco días.

Durante los últimos kilómetros, me preguntaba con frecuencia quién acompañaría a Peary hasta el Polo.

¿Borup? El niño tenía menos experiencia que yo pero era fuerte y tenía buenos reflejos: unos días atrás, cuando sus perros se resbalaban hacia el agua de un canal, de un brinco retuvo su trineo y salvó a los animales de una muerte segura al sacarlos del agua.

¿El profesor Marvin? Era su segundo viaje al Ártico, no tenía que pasar ninguna prueba. El comandante lo apreciaba mucho. Acababa de confiarle el papel de explorador en mi lugar.

¿El capitán Bob? Dirigió tan bien el *Roosevelt* que quizá Peary quisiera recompensarlo.

¡Pero tenía que ser yo el que llegara! Llevaba a sus órdenes veinte años. Siempre había sido fiel y abnegado. Me correspondía a mí acompañarle, ¿entiendes? Creo que estaba enojado con él.

Por la noche del quinto día, el comandante le pidió a Borup que lo acompañara al iglú. Estuvo allí media hora. Yo me preguntaba qué pasaba. ¿Por qué Borup? Me preguntaba si eso significaría... si finalmente... pero me contuve...

El muchacho salió del iglú con una sonrisa triste en los labios.

–Mañana me marcho –anunció.

Pero entonces... yo... quise mostrar mi enorme alegría, pero el joven estaba allí, tan decepcionado... no habría estado bien.

–Esto...

Tenía la sensación de que todo lo que dijera sonaría falso. Sin embargo, Borup no tenía de qué avergonzarse. Recuerdo su cara cuando vio a los esquimales por primera vez. Después de aquello, había progresado mucho: aprendió a hablar la lengua esquimal, a conducir el trineo, a sobrevivir en el frío. Había avanzado mucho.

–Eh, niño –le dije simplemente–, has hecho un buen trabajo. Nunca volveré a llamarte niño. ¡Muy bien hecho!

–¡Gracias, abuelo! –contestó con la misma sonrisa triste, aunque con menos pena que antes, creo.

* * *

A quinientos diez kilómetros del polo, sólo quedábamos cuatro estadounidenses, ocho esquimales y ochenta perros.

Y yo seguía allí.

El capitán Bob volvió a ser batidor cinco días.

Cada día que pasaba, ponernos en marcha me resultaba más difícil que el día anterior. Y las horas en la banquisa cada vez más largas, con aquel viento glacial, las crestas

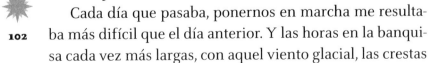

y las grietas, el hielo en el pelo de mi capucha, los trineos que reparar, los labios agrietados, la nieve en la cara como una lluvia de agujas. La fatiga se acumulaba un día tras otro. Nuestras caras estaban arrugadas. Sentía sobre mis hombros el peso de mis cuarenta y tres años.

Y siempre la misma duda: ¿quién sería el siguiente en la lista de Peary? ¿El profesor Marvin? ¿El capitán Bob? ¿Yo?

La noche del quinto día, el comandante me convocó en su iglú. Mi corazón latía desbocado. ¿Por qué yo?

–¡Siéntate! ¿Quieres un té?

Negué con la cabeza, me senté en una piel y me quité las manoplas. Pensé en Borup, que cinco días antes había estado en mi lugar.

–Bueno, Matthew, ¿no estás muy cansado?

–¡No, comandante! Me siento más fuerte que nunca.

–Bien... Matthew, elige el trineo en peores condiciones. Elige también los diecisiete perros más cansados y a los dos esquimales menos motivados.

Y yo mismo, me decía: «¡Rápido, comandante, escúpalo de una vez! Esto es insoportable».

–Ese trineo, esos perros y esos esquimales regresarán...

Ya lo imaginaba. ¿Pero quién iría con ellos? Mi corazón dejó de latir. ¡Rápido, comandante!

–Y Marvin dirigirá el equipo. Dará media vuelta.

¿Había oído bien? ¡Oh, gracias a Dios! ¡Gracias, comandante! Mi corazón empezó a latir de nuevo, volví a la vida, la aventura proseguía.

Peary anunció su decisión a Marvin, que estaba muy decepcionado, claro. De hecho, en ese momento debí darle las gracias al profesor por las lecciones de cálculo astronómico, por todo el tiempo que pasó enseñándome cosas. Pero en ese momento, tenía que seleccionar el trineo y los perros. Siempre hay otra cosa que hacer a la hora de decir a alguien que se le aprecia.

Fui a ver los perros. Después de veinticinco días, algunos habían adelgazado mucho: otros, como mi líder Koolee, se habían endurecido. No tuve problemas para elegir los dieciséis más débiles. Pero el decimoséptimo... el amigo del Tiburón, con su mancha amarilla y su buen humor, era mi preferido. Tenía muchas ganas de conservarlo conmigo, pero, desde hacía dos días, arrastraba una pata. ¿Sería lo bastante fuerte para aguantar hasta el final? Sé bien que en mi lugar, Peary lo habría mandado a tierra. Sin sentimientos, con la razón. Y aunque me doliera en el alma, debía hacer lo mismo.

El día siguiente, el día en que Marvin se marchaba, el sol se oscureció y una bruma de color plomizo cubrió el cielo. Una triste coincidencia.

* * *

Pues bien, el juego de las eliminatorias llegaba a su fin. A trescientos ochenta kilómetros del polo, quedábamos sólo dos para un puesto. ¿El capitán Bob o yo? ¿El blanco o el negro? ¿El joven león o el viejo compañero? El comandante no hizo durar el suspenso inútilmente: nos convocó en su iglú y anunció que yo, Matthew Henson, iría hasta el final. ¡Se quedaba conmigo! Era genial: tras veinte años de expediciones, íbamos a terminar la aventura juntos. Qué final tan magnífico...

El capitán, por su parte, se mantuvo impasible. Los días siguientes se volvió más silencioso. Le daba vueltas a algo, pero era imposible saber qué. Y no lo habría sabido si, muchos años después, mientras tomábamos una cerveza en el Club de Exploradores de Nueva York, no me hubiera revelado su increíble proyecto:

«No tenía nada contra ti, Matthew, y lo sabes bien. Pero no aceptaba la decisión del comandante: lo entendía, porque tú eras tan bueno como yo sobre el hielo, pero no podía resignarme. Dar media vuelta tan cerca del objetivo era demasiado duro. La conquista del polo también se había convertido en el objetivo de mi vida.

»Pues bien, todo esto es para explicar que no aceptaba la decisión del comandante. De repente, dejé de considerarlo como un jefe: había decidido que yo sería desde entonces mi propio jefe y tomaría mis propias decisiones.

»Elaboré un plan en mi cabeza. Le di muchas vueltas, como tú dices. Recordarás sin duda que antes de dar la vuelta medí la altura del sol con el sextante por orden de Peary. Según mis cálculos, nuestra latitud era de 87° 46′ Norte. Así que nos encontrábamos a menos de doscientos cincuenta kilómetros del polo. Y recorriendo veinte kilómetros al día, necesitaría cincuenta días para llegar a tierra. Así que, en un trineo cargado, había lo justo para aguantar cincuenta días...

»Por la noche del uno al dos de abril, fecha prevista para mi regreso, no pude dormir. Le daba vueltas y más vueltas. Poco a poco, una decisión se impuso en mí, una decisión difícil pero la única posible: al alba, me apropiaría de un trineo y ocho perros y me iría solo hacia el polo. ¡No me importaban las consecuencias!

»La mañana llegó. Y la vida es extraña algunas veces: se toma una decisión férrea y, llegado el momento, se hace lo contrario sin saber por qué. Aquella mañana, sin ni siquiera pensarlo, obedecí sabiamente al comandante: tomé los trineos casi vacíos y me dirigí hacia la tierra con Keshingwah y Karko. Creo que Peary no supo nada de mi loco proyecto. Me pregunto a veces qué habría pasado si lo hubiera hecho. Algunas veces recorro los últimos kilómetros hasta el polo con la imaginación...»

El capitán Bob estaba callado, la mirada ausente, lejos.

En la vida real, en el hielo real, Peary me había dado a mí la oportunidad de acompañarlo hasta el polo, con cuatro esquimales, cinco trineos y cuarenta perros.

Capítulo ocho

¡Al polo!

El sprint final
La muerte ronda pero no me atrapa
El sueño robado

El comandante Peary me dio instrucciones, pero yo apenas escuchaba. Sólo captaba palabras al vuelo: «*sprint final*», «doscientos cincuenta kilómetros», «cinco días», «reservas de alimento suficientes».

Mi pensamiento se paseaba por su rostro. Observaba sus pequeños ojos grises, concentrados como los de un tirador de élite, descendía por su nariz delgada y recta, después me perdía en su tupida barba. Su pelo crecía tan rápido que, desde que empezó la marcha, se volvió hirsuto. Hacía veinte años que veía ese rostro transformarse, arrugarse, encanecer. Y después de un mes, parecía diez años más viejo: la extrema fatiga hundía sus rasgos y unas feas grietas surcaban sus mejillas. Parecía un abuelo severo.

–¿Me estás escuchando, hijo?

–Sí, sí –respondí–, vamos a intentar recorrer doscientos cincuenta kilómetros en cinco días: cincuenta kilómetros al día, una media enorme.

¿Y qué aspecto tendría yo? Mi rostro también estaba cubierto de grietas. No las veía, pero las sentía: cada noche, en el calor del iglú, las costras se ablandaban. El día siguiente, a treinta grados bajo cero, se endurecían y tiraban. Las borrascas de viento eran como navajazos en mi cara. Yo también estaba agotado por los quinientos kilómetros a pie que habíamos recorrido. Desde nuestra partida, había adelgazado tanto que había apretado dos agujeros del cinturón. Me pregunté si Lucy me reconocería ahora.

–¿Vamos? –preguntó Peary.

Salimos del iglú, el comandante tomó su brújula y se puso en marcha hacia el norte. Lo observé alejarse con ese paso que lo caracterizaba desde que le cortaron los dedos de los pies, diez años atrás: hacía resbalar sus muñones por el suelo como un patinador. ¡Qué voluntad tan admirable! Merecía más que nadie llegar al polo, y yo estaba orgulloso de ayudarlo.

Seegloo y Egingwah le siguieron, cada uno en un trineo. Peary no llevaba. A cada espiración, sus perros escupían una nube de vapor. Fábricas de niebla.

Durante una hora, con mi amigo Ootah y con Ooqueah, preparamos los tres trineos restantes y luego nos pusimos en camino.

Cada mañana, los primeros kilómetros eran dolorosos, como si los músculos recordaran el esfuerzo del día anterior y se negaran a volver a hacerlo. Pero había que ignorar sus protestas, dar un paso a pesar de todo, luego otro, y otro más... Mil quinientos pasos el primer kilómetro. Después otros mil quinientos más. Cincuenta veces. Setenta y cinco mil pasos al día. Un esfuerzo sobrehumano.

Sobre todo, no había que pensar en los dolores ni en los kilómetros que faltaban, hubiera sido lo más desalentador. Intentaba caminar como un autómata, sin pensar, repitiendo mecánicamente los mismos gestos. O pensaba en cosas positivas que me hacían avanzar. La victoria cada vez más cercana, el honor de los negros.

Y después de varios días, tuvimos una motivación más para continuar: acabábamos de superar nuestro récord de 1906. Nadie se había acercado tanto al polo como nosotros en aquel momento. Éramos los primeros en atravesar esta región desértica. Y cada paso hacia el norte suponía un nuevo récord. Así que valía la pena dar un paso, y el siguiente, y el siguiente...

* * *

Domingo, 3 de abril de 1909, a menos de doscientos kilómetros del objetivo.

«Esta vez, cariño, va la vencida: vamos a llegar al polo...»

A lo largo de las largas horas de marcha, algunas veces hablaba en silencio, en mi cabeza. Cuanto más me cansaba, más hablaba.

«Tengo incluso la impresión de que la banquisa se ha resignado: nuestro enemigo baja los brazos. ¡Mira! No hay nevasca, ni crestas afiladas, ni grietas. Bueno, grietas sí, pero cubiertas de hielo...»

En el bolsillo de mi abrigo guardaba la fotografía de Lucy. Hablaba con ella, quería compartir aquel momento con ella. Quería que mis dos vidas, la estadounidense y la ártica, se unieran y se mezclaran por fin.

«¿Te he hablado de Koolee? Es el perro blanco con el lomo negro. ¡Un auténtico líder! Algunas veces me recuerda al capi...»

Un crujido seco.

Lancé una mirada inquieta al hielo. Estaba en medio de una grieta cubierta por una capa helada. Bajo el trineo, el hielo demasiado fino flaqueaba. Un borbotón de agua subió por una fisura.

—¡Rápido, Koole, rápido!

Empujé con todas mis fuerzas el trineo por la parte trasera. En el momento en el que aceleró, el hielo se rompió bajo mis pies. Me hundí en un agujero de agua. Intenté agarrarme al trineo, pero mis manoplas resbalaron y se me escapó. Tenía agua hasta las rodillas, hasta las caderas.

—¡Socorro...! ¡¡¡Socorro!!!

Como yo cerraba la marcha, los demás estaban muy lejos. Estaba solo. Tenía agua hasta el pecho. Todo estaba pasando muy rápido, pero yo tenía la sensación de que todo ocurría muy despacio. Entendía perfectamente lo que me ocurriría: me ahogaría. ¡Maldición, no quería morir! ¡Ahora no, tan cerca de la meta! ¡Ootah! ¡Peary! ¡Lucy! Pero no podía hacer nada, el pánico se adueñaba de mí, luchaba empujado por la desesperanza, gritando, balanceando los brazos en todas direcciones, intentando agarrarme a cualquier cosa, agarrarme a la vida.

Iba a quedarme en aquel lugar cuando sentí una fuerza increíble tirar hacia el cielo. Me levantó y me tumbó sobre el hielo. Con las piernas aún en el agua, alcé la cabeza para ver la cara de mi ángel de la guarda: Ootah.

Sin perder un instante, me arrastró hacia la orilla.

–¿El interior de tu ropa está mojado? –preguntó pausadamente.

–No, seco.

–¡Entonces todo va bien!

Tras unos minutos, se empezaron a formar hielos en el exterior de mi ropa y Ootah los rompió en pequeños pedazos. Había salvado mi vida. No sabía cómo agradecérselo. Además, creo que no esperaba agradecimiento.

Todavía temblando de miedo y frío, retomé el camino a paso apresurado, pero con más prudencia que nunca. No, la banquisa no había bajado las armas. Podía hacer que todo fracasara en el último momento colocando en nuestro camino hielo quebradizo o una tormenta de nieve. Y aún no habíamos llegado.

Me quité la manopla, introduje la mano en el bolsillo y saqué la fotografía de Lucy. Estaba mojada y congelada, pero también había sobrevivido.

* * *

Al día siguiente, apreté mi cinturón un agujero más. «No puedo más, Lucy, no puedo más, no puedo más. Aún ciento cinco kilómetros. Siento quejarme, pero no puedo más. Ni siquiera sé si llegaré al final. Demasiado frío, demasiado esfuerzo, demasiado sufrimiento. ¿Qué estoy haciendo aquí? ¿Qué interés tengo en pasarlo tan mal? Y los demás no están mejor que yo. Especialmente el pobre Peary. Cada vez va más lento. Cada mañana abandona el campamento con una hora de antelación. Lo alcanzo al final de la mañana y me pongo en cabeza de la caravana por la tarde. Por la noche, llega al campamento con una hora de retraso. Me pregunto cómo se mantiene todavía en pie».

–¿Paramos? –preguntó Ootah.

Habíamos caminado doce horas, unos cuarenta y cinco kilómetros. Ya no sentía las piernas.

–¡Vamos a seguir un poco!

–Estoy agotado, Miy. Y Ooqueah también. Y tú también, se te nota. Seguiremos mañana, será mejor.

–¡Por favor, unos kilómetros más! Peary nos pidió que hiciéramos cincuenta kilómetros al día.

Ootah frunció el ceño, vacilante:

–No debería decírtelo, pero Peary no tiene fuerzas para seguir. Cada tarde, cuando se queda en la cola de la caravana, se tumba en el trineo de Egingwah y se deja llevar. Empieza a caminar justo antes de llegar al campamento. Me lo ha dicho Egingwah. Peary tiene que descansar.

Para llegar a eso, el comandante debía de estar más cansado de lo que yo creía. Pero recordaba sus instrucciones: llegar cada día hasta el límite de nuestras fuerzas, e incluso más allá, pasara lo que pasara.

Miré a Ootah con toda la intensidad que pude:

–Vamos a seguir un poco más. ¡Vamos!

El esquimal permaneció un instante en silencio.

–Está bien.

Retomamos la marcha, pero, tras quinientos metros, Ootah me llamó de nuevo:

–¡Miy!

–¿Qué ocurre?

–¡Ya está! –gritó con tono feliz.

–¿El qué?

–¡Tú eres el jefe!

Le sonreí educadamente.

–No... Aunque esté cansado, Peary sigue siendo el jefe.

No quería que él lo viera, pero estaba contento. «¿Has oído, Lucy? ¿Has oído lo que ha dicho?»

* * *

El día siguiente, por la noche, estábamos a cuarenta y cinco kilómetros del Polo Norte, a un día de marcha de nuestro sueño. Peary estaba muy nervioso. Yo también.

Aquella noche tardé en dormirme. Me venían muchas imágenes a la cabeza: veía mi primera noche en un iglú, hacía diecisiete años. En aquella época también tuve problemas para dormirme por la excitación que me producía descubrir este mundo. ¡Cuántos caminos recorridos desde entonces! Y la cara del viejo Ikwah diciéndome: «Tú, esquimal...»

Recordaba los éxitos y los fracasos. Los fracasos sobre todo. Como cuando el timón le rompió la pierna a Peary en 1891. O cuando el joven Hugh Lee estuvo a punto de morir de agotamiento durante la expedición siguiente a Groenlandia. O cuando el *Windward*, el yate del primer intento contra el polo fue prisionero de la banquisa. Y el hambre de 1906...

Pero al fin, cada fracaso resultó útil. Peary comprendió que, para protegerse del frío había que vestirse y vivir como los esquimales. Para tirar del trineo, nada igualaba un tiro de perros. Para que un buque resistiera el hielo, su casco debía tener forma de cáscara de nuez.

Cada fracaso había supuesto un escalón que nos permitía llegar más alto. Al día siguiente llegaríamos al último peldaño, la cumbre de la Tierra.

* * *

Martes, 6 de abril de 1909, a pocos cables del polo.

«¡Oh, Lucy, si supieras lo que es esto! Estos dolores en las piernas que no se van, estas grietas, este aire glacial y los ríos en el hielo... Pero ya está, veo la salida de este túnel. En pocos kilómetros, llegaremos al fin de nuestros sueños, al fin del mundo, al fin de mis sufrimientos, al fin de mí mismo. ¿Crees que, ahí arriba, mis padres me ven y están orgullosos? ¿Y los negros, estarán orgullosos de mí? ¿Y tú?»

A mediodía, a veinte kilómetros de la meta, mi equipo alcanzó al del comandante y tomó la delantera como cada día.

«Como ves, lo que más me enorgullece es que somos cuatro esquimales, un blanco y un negro. Cada uno ha aportado su granito de arena para conquistar el polo. Seegloo, Egingwah, Ooqueah y Ootah nos han dado su conocimiento del frío y su fuerza física. Peary ha organizado todo y nos ha dirigido con el mando de un maestro. Y yo he sido el nexo entre unos y otros. Todos somos diferentes, todos complementarios. Un trabajo en equipo excepcional...»

Kilómetro diez... kilómetro cinco... kilómetro dos... kilómetro uno...

Kilómetro cero.

Paré los perros. A nuestro alrededor había hielo hasta donde se perdían los ojos, un hielo banal, el mismo que habíamos recorrido durante setecientos cincuenta kilómetros. Pero aquí estábamos, en el Polo Norte.

Una emoción vaga me desbordó, emociones fuertes y encontradas, alegría y cansancio, la tensión nerviosa por fin liberada. Tenía ganas de llorar y de reír al mismo tiempo.

Saqué la foto de Lucy del bolsillo, la levanté y le enseñé el paisaje.

–Mira, ya hemos llegado...

Me volví a la izquierda, a la derecha, avanzaba, retrocedía. Aquí ya no había norte, ni este ni oeste. Sólo había una dirección: el sur. Mirara donde mirara, era el sur. ¡Qué sensación tan extraña! Sólo por eso valía la pena haber sufrido tanto.

Mis esquimales me alcanzaron pronto, seguidos de Peary.

–¡Comandante, creo que ya estamos! –le anuncié con felicidad.

Su reacción me sorprendió:

–No creo que podamos jurar que estamos exactamente en el polo –respondió secamente.

Claro, tenía razón: el Polo Norte es un lugar virtual.

¿Podíamos afirmar a diez kilómetros del polo que estábamos allí? ¿Y a un kilómetro? Pero podíamos empezar a alegrarnos, ¿no?

–Mientras los esquimales construyen los iglúes –prosiguió–, prepara un trineo con mis instrumentos. Mañana por la mañana, recorreré el lugar y observaré el sol para verificar que estamos en el polo.

No volvió a abrir la boca en todo el día. ¿Tanto le inquietaba no estar en el polo? Yo estaba convencido: como habíamos avanzado la distancia correcta en la dirección correcta, debíamos de estar en el lugar adecuado.

El día siguiente, Peary se marchó antes de que me despertara. Cuando volvió, dijo haber medido la altura del sol y calculó nuestra posición en el planeta: 90º de latitud norte, a una distancia mínima. Estábamos en el Polo Norte.

¡Habíamos ganado!

Me quité la manopla y tendí la mano desnuda para felicitarle, pero un golpe de viento le metió un copo de nieve en el ojo, o algo parecido, porque retiró bruscamente las manos y ocultó su rostro:

–Voy a acostarme, Henson. Di a los esquimales que me despierten en cuatro horas.

¡«Henson», me había llamado «Henson»! Pero ¿qué le ocurría? ¿No se alegraba de haber cumplido el sueño de su vida? ¿Estaba tan cansado para darse cuenta?

No entendía nada.

De pronto, sentí vivamente el frío polar.

Una hipótesis descabellada me rondaba la cabeza: desde que habíamos partido, ¿me habría considerado Peary un mero «instrumento» para llegar al polo? ¿Ahora que había logrado su objetivo iba a rechazarme?

No, era imposible, no podía creerlo.

Por la tarde, el comandante, igual de glacial, introdujo un mensaje anunciando nuestra victoria en una botella que colocó en una fisura de la banquisa. Después, tomó cinco banderas traídas de Nueva York expresamente para la ocasión: la de Estados Unidos, la de la Cruz Roja, la de la Marina estadounidense, la de su universidad y la bandera del arco iris como símbolo de la paz en el mundo.

–Tomen una bandera cada uno y párense –dijo en esquimal.

Tomó su cámara fotográfica e hizo algunos ajustes. Fue en ese preciso momento, creo, cuando entendí lo que fallaba. Veía al comandante, solo tras la cámara, tomando una foto, los cuatro esquimales y yo; entonces comprendí todo: le había robado su sueño.

El día anterior, por la mañana, como cada día, había partido después de él y después de alcanzarle me puse a la cabeza de la caravana. Por la noche, fui yo quien dio orden a los perros de parar. Al hacerlo, sin querer le había robado el sueño de juventud a Peary: el primer hombre, el primero del mundo en llegar al Polo Norte, y al final había sido yo.

Capítulo nueve

Un regreso doloroso

El fin de una amistad
La terrible noticia
Las malas noticias nunca vienen solas

Nos quedamos treinta horas en el Polo Norte.

Tenía que hablar con Peary para cortar por lo sano, pero no tenía fuerzas. Y no sabía si me correspondía a mí o a él hacerlo.

¿Y después?

Soy incapaz de contarte el regreso al *Roosevelt* con detalle: no encuentro palabras lo bastante fuertes para describir una pesadilla así.

Los esquimales, normalmente alegres, no eran más que sombras en el hielo.

Durante el trayecto, Peary se quedó postrado en el trineo de Egingwah. Sus ojos grises, que tanto me impresionaban antes, no expresaban ningún deseo, ni energía, ni vida. El comandante sólo me dirigió la palabra en tres o cuatro ocasiones, siempre para darme órdenes.

Yo estaba demasiado débil para sentir nada: mi cerebro estaba a media luz. Mi cuerpo avanzaba solo, como una gallina a la que le han cortado la cabeza y sigue corriendo. Algunas veces tuve la sensación de ser un espectador: me veía caminando por la banquisa por el camino de ida, abatiendo a los perros más débiles para alimentar a los más fuertes, evitando las grietas y las crestas, reparando trineos... Pero no, ya no era yo quien hacía todo eso...

Éramos seis muertos vivientes que ignorábamos a dónde nos llevaba el destino: hacia la vida o hacia la muerte.

Gracias a la meteorología clemente y a la ausencia de grandes grietas, fue hacia la vida: alcanzamos tierra firme en sólo dieciseis días de marcha, la mitad que a la ida, a un ritmo aproximado de cincuenta kilómetros al día.

Recuerdo esta reflexión del amigo Ootah cuando llegamos al Cabo Columbia, justo antes de desplomarnos de cansancio en su iglú:

–¡El diablo debe de estar dormido o tener problemas con su esposa, porque si no, nunca habríamos regresado tan rápido!

Recuerdo que dormimos dos días enteros en el cabo. Cuando no dormíamos, picoteábamos galletas sin apetito antes de acostarnos. Después, Seegloo me contó que Peary y Egingwah se habían ido al *Roosevelt*. No entendía por qué había que regresar por separado.

Recuerdo la vuelta hasta el buque. Los perros recuperaban el gusto por la vida: iban con los rabos inquietos y las cabezas alzadas, buscando de nuevo los olores de la tierra.

Recuerdo la silueta familiar, a lo lejos, una maraña de cordajes y mástiles.

Rápidamente llegué a la cubierta del *Roosevelt*. Alguien me dijo algo así como:

–¡Bien hecho, Matt, buen trabajo!

Pero no había alegría en sus palabras.

Un grupito de gente se congregó a mi alrededor para felicitarme, pero sentía que algo no iba bien. Los marineros y el capitán Bob estaban allí. Pero ¿dónde estaba Peary?

–En su cama –contestó alguien.

Mejor. Entonces ¿por qué esas caras tan serias?

–¿Y Borup?

–De caza.

Bien. ¿El doctor Godsell? No, estaba allí, junto a mí. Era él quien me sostenía.

El capitán Bob me agarró del brazo y me separó del grupo.

–Matt –dijo lentamente–, tengo que darte una mala noticia. El profesor Marvin ha muerto.

–¡¿Muerto?!

Con la mente confusa, intenté entender lo que el capitán acababa de decirme. Por un lado, veía al amable profesor vivo, con su cráneo calvo y sus lecciones de cálculo astronómico. Por otro, la muerte, fría, venenosa. Pero eran imágenes que no iban juntas. Era imposible: no funcionaban.

—Pero... ¿cómo?

—Aún no sabemos todos los detalles. Ocurrió en el camino de vuelta. Kudlooktoo y Kudlah contaron que una mañana el profesor partió antes que los demás. Habría intentado atravesar una grieta cubierta de hielo demasiado fino. Más tarde, cuando los esquimales llegaron al lugar, era demasiado tarde: el cuerpo sin vida del profesor flotaba de espaldas en el agua. Kudlooktoo y Kudlah esparcieron sus objetos personales para que, si su espíritu volvía, no persiguiera a los esquimales...

Así que era cierto.

Sin embargo, para mí aún no.

El doctor Goodsell me acompañó a mi camarote y me ayudó a desnudarme. Había adelgazado tanto que mis piernas parecían cerillas y mis rodillas dos grandes bolas.

Después me dormí y al despertar me di un baño –era la primera vez que me bañaba en dos meses–, comí y me volví a dormir.

Poco a poco, al pasar las horas y los días, la imagen de Marvin vivo y la de Marvin muerto se fueron uniendo. Imaginé primero al profesor debatirse en el agua helada, intentando aferrarse a la vida. Después vi su cuerpo inanimado flotando en la grieta, frío como la muerte. Comprendí entonces que no volvería a ver su rostro, que no volvería a escuchar su cálida voz.

Habíamos vencido al Polo Norte, pero no podía alegrarme. El precio había sido demasiado alto: el silencio definitivo del profesor Marvin, además del de Peary, que todavía no llegaba a entender.

Me hubiera gustado estar en casa, en Estados Unidos.

* * *

A principios de julio, el calor del verano desunió el hielo y liberó el *Roosevelt*.

–¡Enciendan las calderas! –ordenó el capitán Bob.

El 17 de julio, a las 14h 30, la chimenea del *Roosevelt* escupió una enorme nube negra y después el buque se dirigió hacia el sur. Siguió un mes de zigzag entre icebergs, y después el regreso al territorio esquimal.

Peary, que todavía no me hablaba, pidió a los esquimales que se pusieran en fila india ante él.

–Ootah, para agradecer que me acompañaras al Polo Norte, recibir carabinas, cartuchos y cuchillos.

El amigo Ootah tomó la preciada mercancía y, con una gran sonrisa, se alejó para admirar su premio.

–¡Ven, señora Toockoomah! –prosiguió Peary–. Por las prendas de piel que fabricar, recibir agujas de costura, jabón y vajilla. Gracias, Toockoomah...

Sentado a cierta distancia, observé con atención y tristeza la entrega de premios. Quería recordarlo todo: la sonrisa luminosa de Ootah, los hermosos ojos rasgados de

Toockoomah, el cuerpecito regordete de Ooblooyah y su amabilidad.

Quería llenarme de aquellas imágenes y guardarlas en mi cabeza como un tesoro: sabía que, ahora que habíamos llegado al polo, ya no volvería aquí. No volvería a conducir un trineo en la banquisa. No volvería a cazar morsas. No volvería a ver a mis hermanos esquimales. No volvería a escucharlos decir que soy un buen hombre, que tengo valor. Mi vida ártica iba a terminar definitivamente.

Sin pensarlo, me levanté y me dirigí hacia mi amigo Ootah y lo abracé como nunca había abrazado antes a nadie. Entendió, creo, espero, lo mucho que lo quería.

Las familias esquimales volvieron a tierra firme con sus cosas y los perros supervivientes. Después, el *Roosevelt* se alejó lentamente de Groenlandia.

Desde la costa, mis amigos se despedían y los perros ladraban. Apoyado en la barandilla, los saludamos por última vez.

–Ten cuidado –dije a Borup–, ¡son salvajes!

Divertido, imitó la actitud inquieta que tuvo un año antes, cuando llegamos:

–¡Los fusiles, traigan los fusiles! Vaya, ahora los tienen ellos. ¡Huyamos!

En poco tiempo, los esquimales no fueron más que puntos sobre la costa irregular de Groenlandia. Había inmensos glaciares azules por todas partes, deslizándose entre los acantilados marrones y esparciendo su hielo en el mar.

Pronto, Groenlandia no sería más que un fantasma gris en el océano y en mi memoria.

Todo había terminado.

Dos semanas más tarde, el 5 de septiembre de 1909, regresamos a la «civilización»: el *Roosevelt* entró en el puerto de Indian Harbor, al nordeste de Canadá. Peary envió inmediatamente un telegrama para anunciar al mundo entero la gran noticia: ¡el Polo Norte había sido vencido!

Nosotros lo ignorábamos todavía, pero hacía ya cuatro meses que la prensa dedicaba grandes titulares a este asunto.

¿Cómo podían saber que habíamos llegado al polo?

No lo sabían: no hablaban de nuestra expedición, sino de la del doctor Frederick Cook, el explorador que había salido dos años antes que nosotros con dos esquimales y del que no se tenía noticia. Acababa de reaparecer y había declarado haber llegado al polo el 6 de abril de 1908.

Un año antes que nosotros.

Por tanto, él era el vencedor del polo.

Todos nuestros esfuerzos se derrumbaron al instante.

Y la muerte del profesor Marvin fue en vano.

Conclusión

Nueva York, 1954

El final de la historia

La vida es bella.

Cuanto más envejezco, más bella la encuentro. La vida está llena de sorpresas.

Claro que a los ochenta y ocho años no brinco como antes y mi ojo derecho no ve gran cosa. Los médicos dicen que es una catarata. Pero, como vivo en un pequeño apartamento de la calle 150 de Nueva York, no necesito cazar renos para comer. Así que todo bien.

Me están ocurriendo cosas muy hermosas en los últimos tiempos: ¿sabes que el presidente de Estados Unidos, Dwight Eisenhower, nos ha invitado a Lucy y a mí a la Casa Blanca? Quiere felicitarme.

¿Quién habría imaginado esto, hace cuarenta y cinco años, cuando el *Roosevelt* atracó en el puerto de Nueva York? En aquella época, como ya he dicho, los periódicos celebraban la victoria del doctor Cook sobre el Polo Norte. Bueno, no todos los periódicos: algunos, como el *New York Times*, no creían la noticia. El comandante Peary tampoco y denunció el fraude: ¿Cómo podría Cook llegar al Polo Norte con sólo dos esquimales y tan pocos víveres? Era físicamente imposible: ¡como pretender ir en sandalias!

Yo también era escéptico y me hubiera gustado luchar junto a Peary. Pero él no quería: éste era su combate, sólo suyo.

Durante largos meses, los dos rivales lucharon a distancia en periódicos contrapuestos. «¿Dónde están los cuadernos de bitácora que probarían las palabras de Cook?» preguntó Peary. «Llegarán pronto, llegarán pronto», respondió el otro, cuya reciente gloria le permitía explicaciones más vagas. «¿Cómo se calentó Cook en la banquisa?» prosiguió el otro. «Pero ¿por qué un empeño así? ¿Será Peary un mal perdedor?», insinuó Cook.

Todo el mundo en Estados Unidos se apasionó por la controversia, todos tenían una opinión, incluso aquellos que no habían visto el hielo en su vida.

El asunto tuvo tal amplitud que llegó hasta el Congreso. El 21 de enero de 1911, siete senadores de Estados Unidos se reunieron para designar un vencedor oficial. Tenían que elegir entre: por un lado, Robert Peary, ingeniero de la Marina que había consagrado veinte años de su vida al polo; por otro lado, Frederick Cook, un aventurero brillante, buen orador, pero que, según acababa de recordarse, había hecho trampa en 1906: anunció que había escalado la montaña McKinley en Alaska, pero sus fotos habían sido trucadas...

Los senadores designaron por cuatro votos contra tres que el ganador del Polo Norte era Robert Peary.

¡Se hizo justicia!

Era como llegar al Polo Norte por segunda vez pero, en esta ocasión, Peary caminaba solo por delante. Celebró su éxito con una gira triunfal por Estados Unidos: fue de ciudad en ciudad y contó sus proezas ante salas llenas. Después pidió al capitán Bob que lo acompañara en una gira por Europa. Cenaron con reyes y recibieron medallas.

El comandante cumplió el sueño de su juventud: al volver del polo, se había convertido en un héroe.

Para mí, la vida fue un poco menos agradable: al volver a Estados Unidos volví a ser un negro.

Muchos periódicos se preguntaban por qué Peary habría elegido a un negro para que lo acompañara al polo. Algunos artículos ni siquiera citaban mi nombre: yo era el «sirviente de color» de Peary. Algunos ni siquiera hablaban de mí, como si yo no existiera, como si Peary hubiera hecho el viaje solo. Parecía inconcebible que un negro pudiera ser valiente, inteligente y digno de una proeza.

Para ganarme la vida, encontré un trabajito en un aparcamiento donde aparcaba coches. Después trabajé veintitrés años de recadero en la aduana de Nueva York. «Eh,

Matthew, ¿puedes llevar esta carta a John Smith, despacho 513?».

No volví a ver a Peary más que una o dos veces nada más regresar, muy brevemente. No quería verme. Durante dieciocho años fuimos como hermanos, arriesgando nuestras vidas en el hielo para llegar al polo. Una vez logrado ese objetivo, nos convertimos en extraños. Me pregunto a menudo por qué Peary me eligió para acompañarlo al polo, si estaba resentido porque yo había llegado primero, si temía que le robara parte de su fama...

En aquella época sentí odio hacia él y hacia la prensa, hacia el mundo entero. La conquista del polo no había servido para nada: no había cambiado mi vida ni la de los negros.

Pero después pasó el tiempo y la vida me reservaba hermosas sorpresas a mí también.

Hace algunos años, el célebre Club de Exploradores me preguntó si aceptaría hacerme miembro. ¡Pues claro que sí! Después, el escritor Bradley Robinson escribió un hermoso libro sobre mí y muchos estadounidenses descubrieron mi historia gracias a él. Y hace poco, el presidente Eisenhower me invitó a la Casa Blanca.

Pero siempre recordaré la cara sonrojada y desconcertada del oficial de marina que, hace diez años me puso mi primera medalla. Una limusina me llevó a su despacho en el centro de Nueva York. Parecía que el oficial tenía un poco de prisa. Desplegó una hoja y leyó a toda velocidad:

«A Matthew Henson. Por: eminente servicio prestado al gobierno de Estados Unidos en el campo de las ciencias. Por: desafiar condiciones meteorológicas rigurosas en regiones sin explorar. Por: una fuerza de voluntad excepcional y una determinación firme. Por: haber contribuido materialmente al éxito de la expedición que descubrió el Polo Norte. En nombre del Congreso».

El oficial, sonrojado, puso en mi pecho una hermosa medalla de plata y, en el momento del espaldarazo, se quedó helado, desconcertado.

–Pero –acabó diciendo– de 1909 a 1945 han pasado treinta y seis años. ¡Han tardado mucho en condecorarle con esta medalla!

Sí, habían tardado mucho.

Quizá el tiempo necesario para que el concepto que se tiene de los negros haya cambiado un poco. El tiempo para admitir que un negro puede tener valor y entereza. El tiempo para que los negros crean un poco en ellos mismos y empiecen a luchar por sus derechos, para que por fin podamos ir a las mismas escuelas, pasear por los mismos jardines públicos y comer en los mismos restaurantes que los blancos.

No sé si mi historia en el Polo Norte sirve de algo, si ha permitido cambiar mentalidades, enseñar que negros y blancos valen lo mismo. Si ha sido así, creo que puedo estar orgulloso de mí mismo, orgulloso de lo que he hecho.

¿Verdad?

Índice

Introducción 9
Nueva Orleáns, 1903

Capítulo uno 15
Groenlandia, verano de 1908

Capítulo dos 25
Los icebergs

Capítulo tres 39
Cabo Sheridan, otoño de 1908

Capítulo cuatro 53
Prisioneros del *Roosevelt*, invierno de 1908

Capítulo cinco 67
La gran partida, primavera de 1909

Capítulo seis 81
Los peligros de la banquisa

Capítulo siete 95
Sólo puede quedar uno

Capítulo ocho 107
¡Al polo!

Capítulo nueve 121
Un regreso doloroso

Conclusión 131
Nueva York, 1954

«¿Robert Peary utilizó realmente dinamita para liberar el *Roosevelt* de la banquisa? ¿Matthew Henson llegó primero al Polo Norte? ¿Lo que está escrito en *Al límite de nuestras vidas* es verdad?

»Al volver del polo, Peary y Henson escribieron un libro cada uno en el que contaban, casi día por día, las diferentes etapas del viaje: la llegada a Groenlandia, la caza de osos, la noche polar, la marcha en la banquisa... Después, los historiadores y periodistas escribieron más obras. Y así, en 1947, Bradley Robinson conoció a Matthew Henson y pasó mucho tiempo con él. Escribió un libro, *Dark Companion*, en el que contó la infancia de Henson, su encuentro con Peary en la sombrerería, el racismo y la forma en que le trataron al regresar del polo, su amistad con los esquimales...

»Todos estos elementos han servido para escribir *Al límite de nuestras vidas...*

»Pero, como en todas las historias, hay zonas oscuras. Es imposible saber quién llegó primero al polo. En su libro, Robert Peary hizo entender que llegaron juntos. Más tarde, Henson contó que había llegado primero. ¿Quién tenía razón? Cuando varias personas viven una misma aventura, cada uno lo ve con sus propios ojos. No es sorprendente que sus relatos difieran sensiblemente. Si tomamos a dos amigos y los colocamos cada uno a un lado de la Torre de Pisa y preguntamos hacia qué lado está inclinada, uno dirá que hacia la izquierda, otro, que hacia la derecha, y los dos tendrán razón. Es una cuestión de puntos de vista...

Philippe Nessmann

Philippe Nessmann

Nació en 1967 y siempre ha tenido tres pasiones: la ciencia, la historia y la escritura. Después de obtener el título de ingeniero y la licenciatura en historia del arte, se dedicó al periodismo. Sus artículos, publicados en *Science et Vie Junior*, cuentan tanto los últimos descubrimientos científicos como las aventuras pasadas de los grandes exploradores. En la actualidad, se dedica exclusivamente a los libros juveniles, aunque siempre tienen de fondo la ciencia y la historia. Para los lectores más pequeños, dirige la colección de experimentos científicos «Kézako» (Editorial Mango). Para los lectores jóvenes, escribe relatos históricos.

Thomas Ehretsmann

Nació en Mulhouse. Auténtico apasionado del cómic, estudió arte decorativo en Estrasburgo y se especializó en ilustración.

Bambú Descubridores

Bajo la arena de Egipto
El misterio de Tutankamón
Philippe Nessmann

En busca del río sagrado
Las fuentes del Nilo
Philippe Nessmann

Al límite de nuestras vidas
La conquista del polo
Philippe Nessmann

En la otra punta de la Tierra
La vuelta al mundo de Magallanes
Philippe Nessmann

A la conquista del cielo
La leyenda de la Aeropostal
Philippe Nessmann

Los que soñaban con la Luna
Misión Apolo
Philippe Nessmann

En tierra de indios
El descubrimiento del Lejano Oeste
Philippe Nessmann

Shackleton
Expedición a la Antártida
Lluís Prats

Bering
En busca de América
Jordi Cortès

Bambú Descubridores Científicos

Brahe y Kepler
El misterio de una muerte inesperada
M. Pilar Gil

Bambú Vivencias

Penny, caída del cielo
Retrato de una familia italoamericana
Jennifer L. Holm

Saboreando el cielo
Una infancia palestina
Ibtisam Barakat

Nieve en primavera
Crecer en la China de Mao
Moying Li

La Casa del Ángel de la Guarda
Un refugio para niñas judías
Kathy Clark

Kalimán en Jericó
Pelaos de las calles, héroes de Medellín
Àngel Burgas